세상에
단 하나뿐인 아이반

세상에
단 하나뿐인
아이반

캐서린 애플게이트 지음 | 정성원 옮김

THE ONE AND ONLY IVAN

다른

차례

THE ONE AND ONLY IVAN

THE ONE AND ONLY IVAN

THE ONE AND ONLY IVAN

THE ONE AND ONLY IVAN

THE ONE AND ONLY IVAN

THE ONE AND ONLY IVAN

가슴 두드리기: 커다란 소리를 내기 위해 손으로 계속해서 자기 가슴을 때리는 행동. 때때로 고릴라들은 적에게 겁을 주기 위해 가슴을 두드린다.

9855일: 야생 고릴라들이 계절이나 먹을거리에 따라 시간의 흐름을 가늠하는 데 반해, 아이반은 날짜를 셈한다(예를 들어 9855일은 27년과 같다고).

내 똥공: 아이반이 구경꾼들에게 던져 주는 공. 자기 똥을 둥글게 빚어 말린 것이다.

너클 보행: 둥글게 말아 쥔 앞발로 땅을 짚으며 걷는 걸음. 고릴라와 침팬지가 보통 이렇게 걷는다. 너클 보행을 하면 네 다리가 커다란 몸을 받쳐 주기 때문에 넘어지지 않고 안전하게 움직일 수 있다. 울퉁불퉁한 땅이나 나무 위에서도 쉽고 빠르게 이동할 수 있어서 먹잇감을 찾는 데 도움이 된다.

안-슐래: 줄리아가 아이반에게 준 고릴라 인형 이름.

영역: 남이 함부로 들어올 수 없는 자기만의 공간.

영장류: 새끼에게 젖을 먹이는 척추동물. 유인원을 비롯한 원숭이류와 인류가 영장류에 속한다. 두 팔(앞다리)과 두 다리(뒷다리)를 자유롭게 사

용할 수 있다. 특히 엄지가 발달해서 물건을 잘 잡고, 젖먹이동물 중에서 시각과 색채 감각이 가장 발달했으며, 특별히 크고 복잡한 뇌를 갖고 있다.

유인원: 오랑우탄, 침팬지, 고릴라, 긴팔원숭이가 유인원에 속한다. 꼬리가 없는 등 인류와 비슷한 특징을 갖고 있다. 오랑우탄은 과일을, 고릴라는 식물과 과일을 주로 먹으며, 침팬지는 잡식을 한다.

으르렁거리기: 코를 고는 듯한 소리나 돼지가 꿀꿀대는 듯한 소리. 고릴라 부모들이 약이 오르거나 짜증이 날 때 이런 소리를 낸다.

실버백(Silverback) 고릴라: 등에 은색 털이 있고 열두 살이 넘은 어른 수컷 고릴라. '회색 우두머리'라고도 부른다. 실버백 고릴라는 가족을 보호할 의무가 있는 책임자라는 걸 나타낸다.

지킴이: 누군가를 보호하기 위해 늘 지켜보고 있는 사람들. 하지만 정말 보호하려고 지켜보는 건지, 아니면 감시를 하는 것인지 가끔 헷갈릴 때가 있다.

직립 보행: 몸을 곧추세워 두 다리만 사용해 걷는 걸음. 직립 보행을 하면서 두 팔을 자유롭게 사용할 수 있다. 유인원과 인류는 걸을 때 두 팔을 앞뒤로 교차하며 균형을 잡는 데 반해, 꼬리가 달린 원숭이들은 꼬리로 균형을 잡기 때문에 걸으면서 굳이 두 팔을 움직일 필요가 없다.

호모 사피엔스: 라틴어로 '생각하는 인간'이라는 뜻이다. 네안데르탈인처럼 멸종한 인류에서부터 오늘날의 인간에 이르기까지 모든 인류를 가리키는 말이다. 오늘날의 인간을 특별히 '호모 사피엔스 사피엔스'라고 부른다.

·

안녕

나는 아이반이다. 고릴라다.

날 쉽게 보면 곤란하다.

•

내 이름

사람들은 나를 '고속도로 고릴라'라고 부른다. '8번 출구 원숭이'라거나 '세상에 단 하나뿐인 위대한 실버백 고릴라 아이반'이라고도 부른다.

모두 내 이름이긴 하지만 진짜 나를 가리키는 이름은 아니다. 나는 아이반이다. 그냥 아이반이다. 단지 아이반이다.

인간은 쓸데없는 말을 많이 한다. 말을 바나나 껍질처럼 던지고 썩게 내버려 둔다.

모두들 껍질을 가장 좋은 부분으로 알고 있다.

인간은 고릴라가 자기들을 이해하지 못할 거라고 생각한다. 또 고릴라는 자기들처럼 직립 보행을 하지 못한다고 생각한다.

하지만 한 시간쯤 너클 보행을 해 보면 어떤 걸음이 더 재밌는지 알 수 있을 것이다.

•

참을성

여러 해 동안 나는 인간의 말을 이해하도록 훈련받았다. 그러나 인간의 언어를 이해한다고 해서 인간을 이해할 수 있는 것은 아니다.

인간은 말을 너무 많이 한다. 인간은 침팬지처럼 떠든다. 침팬지들은 할 말이 없을 때조차 세상 가득 소음을 낸다.

인간이 내는 다양한 소리를 헤아리고 말뜻을 이해하기까지는 오랜 시간이 걸렸다. 하지만 나는 잘 참았다.

영장류로 살아가려면 참을성이 꼭 필요하다.

고릴라들은 바위처럼 참을성이 대단하다. 인간은, 별로 그렇지 못하다.

•

내 모습

나는 야생 고릴라였다. 지금도 야생 시절의 모습이 조금은 남아 있다.

나는 고릴라의 수줍은 눈빛, 수줍은 미소를 가지고 있다. 엉덩이에는 흰색 털이, 등에는 은색 털이 풍성하게 나 있다. 태양이 내 등을 따사로이 비추면 위풍당당한 내 그림자가 땅바닥에 드리워진다.

내가 보기에 인간은 늘 자신들을 의심한다. 내가 떨어지는 저녁 해를 보며 잘 익은 복숭아를 떠올릴 때, 인간은 바람을 타고 넘어오는 싸움 소리를 듣는다.

나는 여느 인간보다 힘이 세다. 200킬로그램은 거뜬히 들 수 있다. 나는 타고난 싸움꾼이다. 팔을 쭉 뻗으면 세상에서 가장 큰 인간보다 더 커질 수 있다.

고릴라의 친척은 많다. 고릴라도 영장류이고, 인간도 영장류, 침팬지와 오랑우탄, 보노보도 영장류다. 우리 모두는 먼 친척

•

이다. 하지만 서로 믿지 못한다.

나는 이게 문제란 걸 안다.

나 역시 우리들 사이에 먼 과거에서부터 이어진 어떤 연결고리가 있다는 걸 믿을 수 없다. 내가 버릇없는 광대들과 같은 종족이라니!

침팬지 녀석들은 봐 줄 수가 없다.

•

8번 출구 서커스 쇼핑몰로 오세요!

나는 8번 출구에 있는 인간의 활동 구역에서 살고 있다. 여러 볼거리, 즐길 거리가 모여 있는 쇼핑몰 안의 서커스장이다. 이곳은 95번 고속도로에서 약간 떨어져 있고, 일 년 삼백육십 오 일 날마다 2시, 4시, 7시에 공연을 한다.

따르릉 울리는 전화에다 대고 맥이 그렇게 말했다.

맥은 여기 쇼핑몰에서 일한다. 쇼핑몰 우두머리다.

나도 여기에서 일한다. 나는 고릴라다.

이곳에선 회전목마가 온종일 삐거덕대며 돌아가고, 원숭이와 앵무새 들이 점원들 사이를 돌아다닌다. 쇼핑몰 한가운데에 있는 둥그런 광장에선 인간들이 긴 의자에 엉덩이를 붙이고 앉아 부드러운 빵을 먹곤 한다. 바닥은 죽은 나무를 갈아 만 든 톱밥으로 덮혀 있다.

내 영역은 광장 한쪽 구석에 있다. 나는 영락없는 고릴라에다

•

인간처럼 되기엔 모자라기 때문에 여기에서 산다.

내 영역 바로 옆은 스텔라의 영역이다. 스텔라는 코끼리다. 이곳에서 나와 가장 친한 동무는 스텔라랑 밥이다. 밥은 강아지다.

지금 내게는, 고릴라 친구가 없다.

내 영역은 두꺼운 유리와 녹슨 쇠와 거친 시멘트로 둘러싸여 있다. 스텔라의 영역은 쇠기둥으로 둘러싸여 있다. 말레이곰 영역은 나무로, 앵무새 영역은 쇠줄로 둘러져 있다.

내 영역은 세 면이 유리다. 한쪽 면이 깨져서 내 손만 한 구멍이 생겼는데, 유리 조각이 구석으로 떨어져서 어디론가 사라졌다. 여섯 살 생일 날 맥에게 받은 야구 방망이로 내가 구멍을 낸 것이다. 그 후 맥은 방망이를 빼앗아 버렸다. 다행히 야구공은 계속 갖고 놀게 해 주었다.

나머지 한쪽 면에는 정글 그림이 그려져 있다. 그림 속 폭포에는 물이 없고, 꽃에는 향기가 없고, 나무에는 뿌리가 없다. 내가 그린 건 아니다. 비록 진짜 정글은 아니지만 나는 벽을 따라 펼쳐진 풍경을 감상하곤 한다.

나는 운이 좋은 편이다. 내 영역의 세 면이 유리로 되어 있으니까. 그래서 쇼핑몰 전체를 볼 수 있고, 그 너머 세계도 조금 볼 수 있다. 정신없이 돌아가는 핀볼 오락기와 구름처럼 피어오르는 분홍색 솜사탕, 나무라곤 한 그루도 없는 넓디넓은 주차장을.

주차장 너머에는 자동차들이 끊임없이 달리는 고속도로가 있다. 고속도로 한 귀퉁이에는 거대한 광고판이 달려 있다. 광고판은 물웅덩이에 모인 염소들처럼 잠깐 여기 들러서 쉬었다 가라고 자동차들을 향해 손짓한다.

광고판 글씨는 색깔이 흐릿해졌지만 나는 뭐라고 쓰여 있는지 안다. 어느 날 맥이 큰 소리로 읽어 줬다. **"세상에 단 하나뿐인 실버백 고릴라 아이반의 집, 8번 출구 서커스 쇼핑몰로 오세요!"**

안타깝게도 나는 글을 못 읽는다. 읽을 수 있었으면 좋겠다. 글을 읽으면 빈둥대는 시간을 오롯이 채울 수 있을 것 같다.

•

한번은 지킴이 한 명이 내 영역에 책을 놓고 갔다. 덕분에 나는 책이란 걸 좀 즐길 수 있었다.

책은 흰개미 맛이었다.

고속도로 광고판에는 어릿광대 옷을 입은 맥, 앞다리를 들고 선 스텔라, 화가 잔뜩 난 눈빛에 헝클어진 머리를 한 동물이 그려져 있다.

그 동물은 아마 나일 것이다. 근데 그 그림은 잘못됐다. 나는 결코 화를 내지 않는다.

화는 아주 소중한 것이다. 고릴라는 질서를 바로잡기 위해, 또는 자기 무리에게 위험을 알릴 때 화를 낸다. 우리 아빠가 가슴을 두드렸던 건 이런 말을 하려고 했던 것이다. "조심! 조심! 내가 여기 책임자다. 난 너희를 지키기 위해 화를 내는 것이다. 그게 내 임무니까."

여기는 내 영역이지만 내가 보호해야 할 생명은 없다.

•

세상에서 가장 작은 서커스

여기에 사는 내 이웃들은 잔재주를 잘 부린다. 다들 교육을 잘 받았고, 나보다 할 줄 아는 게 많다.

그중에 암탉은 야구를 할 줄 안다. 토끼는 불자동차를 운전할 줄 안다.

자상하고 매끈하게 생긴 물개는 아침부터 저녁까지 자기 코에다 공을 올려 놓고 균형을 잡는다. 추운 밤에 사슬에 묶인 채 덜덜 떨며 잠긴 목소리로 강아지 짖는 소리를 내기도 했다.

아이들은 플라스틱으로 된 물개 수조에다 동전을 던지며 소원을 빌었다. 동전들은 납작한 구리 조약돌처럼 바닥에 떨어져 반짝거렸다.

어느 날 물개는 배가 너무 고픈 나머지, 아니면 너무나 지겨워서 동전을 백 개쯤 먹었다.

맥은 괜찮을 거라고 말했다.

•

맥은 잘못 생각했다.

맥은 우리 공연을 '세상에서 가장 작은 서커스'라고 부른다.
날마다 2시, 4시, 7시에 인간은 사이다를 마시며 손뼉을 친다.
아기들은 징징대며 운다. 맥은 어릿광대처럼 옷을 차려입고
작은 자전거를 탄다. '스니커스'라고 부르는 푸들 개가 스텔
라의 등에 탄다. 스텔라는 둥그런 의자에 앉는다.

아주 단단한 의자다.

나는 잔재주를 부리지 않는다. 맥이 나는 그냥 가만있어도 괜
찮다고 했다.

스텔라는 이 마을에서 저 마을로 옮겨 다니며 공연하는 서커
스 이야기를 해 줬다. 천막 꼭대기에서 아래로 늘어뜨린 밧
줄에 대롱대롱 매달린 인간들, 번뜩이는 이빨을 드러내고 으
르렁거리는 사자들, 꼬리에 꼬리를 물고 길게 늘어선 채 지친
모습으로 행진하는 코끼리들에 대해서. 코끼리들은 자기들을
쳐다보는 인간을 보지 않으려고 저 먼 곳을 바라본다고 했다.

우리 서커스는 옮겨 다니지 않는다. 우리는 너무 지쳐서 움직

이지 못하는 짐승들처럼 제자리에 머물러 있다.

공연이 끝나면 인간들은 가게 곳곳을 돌아다니며 먹을거리를 찾는다. 가게란 인간이 살아가는 데 필요한 것들을 파는 곳이다. 쇼핑몰의 몇몇 가게에서는 풍선이나 티셔츠, 반짝반짝 빛나는 인간의 머리를 가려 줄 모자 같은 걸 판다. 어떤 가게에선 눅눅하고 먼지 냄새 나는 옛날 물건을 판다.

나는 날마다 인간이 종종걸음 치며 가게에서 가게로 돌아다니는 모습을 본다. 인간은 수천 명의 손 냄새가 배어 있으며 낙엽처럼 말라 버린 초록색 종이를 쥐고 이리 왔다 저리 갔다 한다.

인간은 이리저리 떠밀며, 고함치며, 미친 듯이, 살금살금 사냥을 한다. 그러고 나선 환한 것, 부드러운 것, 큰 것으로 가득 찬 가방을 둘러메고 쇼핑몰을 떠나간다. 그렇게 가고 나서 얼마 후에 또 찾아와 가방을 가득 채운다.

인간은 진짜 영리하다. 인간은 먹을 수 있는 분홍색 구름을 뽑아낸다. 내 영역에 납작한 폭포를 만든다.

하지만 인간은 엉터리 사냥꾼이다.

•

사라지기

어떤 동물들은 누구의 감시도 받지 않고 조용히 살아간다. 하지만 내 삶은 그렇지 않다.

내 삶은 언제나 번쩍이는 불빛과 손가락질과 불쑥 나타나는 손님들로 정신이 없다. 내 코앞에서 인간은 우리를 갈라놓은 유리벽에다 자그마한 손을 댄다.

유리벽은 인간은 이편에 있고, 우리는 저편에 있으며, 저편은 언제나 그대로라고 말한다.

인간은 사탕으로 끈적끈적하고 땀으로 미끌미끌한 지문을 남기고 사라진다. 밤이면 어떤 지친 인간이 와서 그 자국을 닦는다.

가끔씩 나는 코를 유리벽에 대고 눌러 본다. 내 코 무늬는 인간의 지문처럼 처음이자 마지막이고 단 하나뿐이다.

인간이 와서 유리를 닦으면 나도 사라진다.

•

예술가

여기 내 영역에서는 할 일이 많지 않다. 인간들이 지루해하기 전에 그들을 향해 내 똥공을 던지는 게 전부다.

똥공은 내 똥을 작은 사과 크기만큼 둥글게 빚어서 바짝 말린 것이다. 손에 늘 몇 개씩 갖고 있다.

인간은 나를 보러 오면서도 어째서인지 결코 내 똥공을 가져가지는 않는다.

내 영역에는 타이어 그네, 야구공, 더러운 물로 가득 찬 작은 플라스틱 수조, 옛날 텔레비전이 있다.

고릴라 인형도 있는데 줄리아가 준 것이다. 줄리아는 매일 밤 유리벽을 닦는 지친 남자 인간의 딸이다.

고릴라 인형은 눈이 멍하고 팔다리가 축 늘어졌다. 이름은 '안-술래'이고, 밤마다 나랑 같이 잔다.

•

'술래'는 내 쌍둥이 여동생 이름이다.

줄리아는 열 살이다. 머리가 칠흑 같고, 활짝 미소 지으면 반
달 같은 얼굴이 된다. 줄리아와 나는 공통점이 많다. 우리 둘
은 영장류이고, 둘 다 예술가다.

내 첫 색연필은 줄리아가 준 것인데 뭉툭하고 파란 것이었다.
줄리아는 유리벽 깨진 구멍으로 반 접은 도화지와 함께 색연
필을 넣어 주었다.

이게 뭐 하는 물건인지는 알고 있었다. 언젠가 줄리아가 그림
그리는 걸 본 적이 있다. 도화지에다 색연필을 대고 죽 그었
더니 마치 파란 뱀이 미끄러지며 지나간 자국처럼 보였다.

줄리아가 그린 그림은 울긋불긋했고 활기찼다. 줄리아는 미
소 짓는 구름과 헤엄치는 자동차처럼 실제로는 보기 힘든 모
습을 그린다. 줄리아는 색연필이 부러지고 도화지가 찢어질
때까지 그린다. 줄리아가 그린 그림은 꼭 꿈 조각 같다.

나는 꿈 같은 건 그리지 못한다. 어쩌다가 두 손을 꼭 쥐고 가
슴이 벌렁벌렁한 채로 깰 때가 있지만 꿈은 기억하지 못한다.

•

내 그림은 줄리아 그림을 옆에 놓고 보면 옅고 흐릿하다. 줄리아는 머릿속에 있는 생각을 그린다. 나는 날마다 내 우리에서 보는 것들을 그린다. 사과 씨, 바나나 껍질, 사탕 봉지 등등(그리기 전에 거의 다 먹어 버려서 그렇다).

나는 그린 걸 또 그리고 자꾸만 그려도 그림 그리기가 지겹지 않다. 그림 그릴 때는 그림 생각만 하게 된다. 내가 어디에 있는지, 그리고 어제나 내일에 대해서도 생각하지 않는다. 그저 도화지 위에 색연필을 칠할 뿐이다.

인간은 내가 그린 것을 언제나 잘 알아보지 못한다. 눈을 가늘게 뜨거나, 머리를 치켜들거나, 웅얼웅얼거린다. 내가 최고로 먹음직스러운 바나나를 그리면 인간은 이렇게 말한다. "노란색 비행기로군!" "날개 없는 오리인가 봐!"

뭐, 아무렴 어때. 인간을 위해 그리는 건 아니니까. 나는 나 자신을 위해 그린다.

맥은 고릴라가 그린 그림을 사람들이 살 거라는 걸 금세 알아챘다. 뭘 그린 건지 몰라도 말이다. 이제 나는 매일 그림을 그린다. 내 그림은 내 영역 옆 선물 가게에서 20달러에 팔린

•

다(액자를 포함하면 25달러에).

지치거나 쉬어야 할 때면 난 색연필을 먹어 버린다.

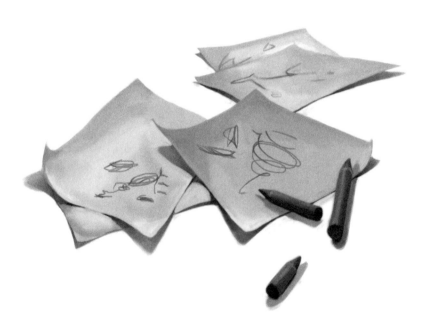

구름의 모양

나는 내가 언제나 예술가였다고 생각한다.

아직 엄마한테 매달려 있던 아기였을 때부터 나는 예술가의 눈으로 세상을 바라보았다. 구름을 보면 이런저런 모양이 떠올랐고, 시냇물 바닥에 깔린 조약돌을 보며 돌멩이로 어떤 조각품을 만들 수 있을까 상상했다. 나는 저 멀리 있는 꽃에서 분홍색을 알아봤고, 스쳐 지나가는 새에게서 상아색을 알아볼 정도로 색깔을 잘 가늠했다.

아주 어렸을 적의 기억은 거의 없지만, 또렷이 남아 있는 기억이 하나 있다. 나는 틈만 나면 차가운 진흙을 손가락으로 찍어서 엄마 등에다 그림을 그렸다.

정말 참을성이 많았다, 우리 엄마는.

상상

언젠가는 나도 줄리아처럼 세상에 있지 않은 걸 상상해서 그리고 싶다.

인간이 고릴라에 대해 어떻게 생각하는지 나는 안다. 그들은 고릴라에게 상상력이 없을 거라고 생각한다. 우리가 옛날을 기억하지 못하거나 앞날을 고민하지 않는다고 생각한다.

어쩌면 인간의 생각도 맞는 것 같다. 여태껏 나는 지금의 일에만 신경 썼지, 지난 일은 생각조차 안 하고 지냈으니까.

나는 희망을 품지 않도록 훈련받았다.

•

세상에서 가장 외로운 고릴라

쇼핑몰이 처음 지어졌을 때 새 페인트와 신선한 볏짚 냄새가 났다. 인간들이 아침부터 저녁까지 들락거렸다. 느릿느릿 흘러가는 강물 위 통나무처럼 그들은 내 영역을 천천히 스쳐 지나갔다.

최근 들어 나를 보러 온 손님이 아무도 없었던 것 같다. 맥이 걱정된다고 말했다. 내가 더 이상 귀엽지 않다는 것이다. "아이반, 넌 이제 늙어서 하나도 신기하지 않아. 옛날에나 대단했지."

맞는 말이다. 옛날처럼 나에게 오래 머물렀다 가는 손님이 별로 없다. 내가 텔레비전을 보고 있으면 유리벽 너머로 지켜보다가, 혀를 끌끌 차다가, 눈살을 찌푸리고 만다.

그러고는 이렇게 말한다. "외로워 보이네."

얼마 전에는 한 남자아이가 유리벽 앞에 서서 보드라운 볼 위로 눈물을 흘렸다. 그 아이는 엄마 손을 꼭 쥐며 말했다.

"저 녀석은 세상에서 가장 외로운 고릴라 같아요."

그럴 때면 나는 내가 인간을 이해하는 방식대로 인간도 나를 이해했으면 하고 바란다.

그 남자아이에게 하고 싶은 말이 있었다. 괜찮아, 세월이 흐를 만큼 흐르면 거의 모든 일에 익숙해진단다.

텔레비전

내 영역에는 맥이 넣어 둔 텔레비전이 있는데 손님들은 그걸 보고 놀란다. 고릴라가 상자 속 조그만 인간을 쳐다보고 있는 게 이상한가 보다.

하지만 가끔 나는 궁금하다. 인간이 이 작은 공간에 앉아 있는 나를 쳐다보는 건 이상하지 않은가?

내 텔레비전은 낡았다. 언제나 켜지는 건 아니다. 누군가 켜는 것을 깜박하면 며칠이고 꺼진 채로 지내기도 한다.

나는 아무거나 다 본다. 그래도 만화를 더 좋아한다. 만화는 밝은 정글 색을 띤다. 누군가 바나나 껍질을 밟고 미끄러지는 장면을 나는 특히 좋아한다.

내 강아지 친구인 밥은 나만큼이나 텔레비전을 좋아한다. 밥은 볼링 경기와 고양이 사료 광고를 특히 좋아한다.

밥과 나는 사랑 영화를 많이 봤다. 사랑 영화에는 껴안는 장

•

면도 많고, 이따금 얼굴을 핥는 장면도 나온다.

고릴라가 주인공인 사랑 영화는 하나도 보지 못했다.

우리는 옛날 서부 영화도 좋아한다. 보다 보면 이런 말이 꼭 나온다. "이 마을은 우리 둘에겐 좁아 보입니다, 보안관 나리." 서부 영화에서는 누가 좋은 인간이고 누가 나쁜 인간인지 쉽게 알아볼 수 있다. 영화에선 꼭 좋은 인간이 이긴다.

밥은 서부 영화가 진짜 삶과 완전히 다르다고 말했다.

자연 다큐멘터리

지금까지 여기서 9855일을 살았다.

나 혼자서.

어리고 바보 같았던 한때는 내가 세상에 남은 마지막 고릴라라고 생각했다.

그 생각에 잠겨 있지 않으려고 애썼다. 하지만 여전히 나 혼자 남겨졌다는 생각이 들 때면 견디기가 힘들었다.

그러던 어느 날 밤이었다. 비루먹은 말을 타고 검은 모자를 쓴 권총잡이가 나오는 영화가 끝나고 아주 새로운 장면이 펼쳐졌다.

그건 만화도, 사랑 영화도, 서부 영화도 아니었다.

울창한 숲이 나타났다. 새들이 지저귀었다. 풀잎이 살랑댔다. 나무들이 바스락거렸다.

•

그리고 그 녀석이 나타났다. 털이 다 빠지고 비쩍 마른 데다, 솔직히 나처럼 잘생겨 보이지도 않았다. 하지만 녀석은 확실히 고릴라였다.

그 고릴라는 순식간에 나타났다가 순식간에 사라졌다. 그 자리에 북극곰이라는 꾀죄죄한 흰색 동물이 나타났고, 이어서 바다소라는 투실한 바다 동물이 나타났고, 이어서 다른 동물들이 차례로 나타났다.

밤새도록 자리에 앉아 언뜻 본 그 고릴라를 생각했다. 녀석은 어디에 살고 있을까? 이리로 올 수 없을까? 어딘가에 수컷이 있다면, 암컷도 있지 않을까?

아니면 그저 세상에 우리 둘만 남겨진 걸까? 각자 자기 우리에 갇힌 채로?

스텔라

스텔라는 내가 언젠가 진짜 살아 있는 고릴라 친구를 만나게 될 거라고 말했다. 나는 스텔라의 말을 믿는다. 스텔라는 나보다 나이도 많고, 눈동자도 검은 별처럼 짙고, 나보다 더 많은 걸 알고 있다.

스텔라는 산이다. 그다음으로 나는 바위다. 밥은 모래알이다.

밤마다 가게들이 문을 닫고 달이 부드러운 빛으로 세상을 적실 때면 스텔라와 나는 이야기를 나눈다.

우리 둘은 공통점이 많지는 않다. 하지만 괜찮다. 스텔라도 나도 몸집이 크고 혼자다. 그리고 둘 다 요거트 건포도를 좋아한다.

이따금 스텔라는 어릴 적 이야기를 해 준다. 안개에 덮인 나뭇잎 지붕이나 흐르는 냇물이 부르는 시끌시끌한 노래 이야기도 들려준다. 나랑은 다르게 스텔라는 옛날 일들을 시시콜콜 기억한다.

•

스텔라는 부드러운 미소 같은 은은한 달을 사랑한다. 나는 내 배를 따뜻이 어루만지는 햇볕의 손길을 사랑한다.

스텔라가 "네 배는 정말 엄청난데!"라고 말하면 나도 "고마워, 네 배도 그래."라고 말해 준다.

우리는 말을 많이 하지는 않는다. 코끼리는 고릴라와 마찬가지로 쓸데없는 말을 하지 않는다.

스텔라는 예전에 엄청 크고 유명한 서커스단에서 공연했다. 그때 부렸던 재주를 우리 공연에서 보여 주기도 한다. 스텔라는 스니커스가 자기 머리 위로 올라탈 때 뒷발로 일어서는 묘기도 부린다.

인간 마흔 명의 몸무게를 다 합친 것보다 무거운 몸을 일으켜 뒷발로 서는 것은 아주 어렵다.

코끼리는 개가 머리 위로 뛰어오를 때 뒷발로 일어서야 칭찬을 받는다. 성공하지 못하면 매서운 회초리가 춤을 춘다.

코끼리 가죽은 오래된 나무껍질처럼 두껍다. 하지만 회초리

•

에 맞을 때면 나뭇잎처럼 얇아진다.

스텔라는 조련사가 회초리로 수코끼리를 때리는 걸 본 적이
있다. 그 수코끼리는 고릴라처럼 품위 있고 침착했으며, 차분
할 때는 코브라처럼 차분했다. 하지만 회초리에 맞자 엄니로
조련사를 들이받아 하늘 높이 날려 버렸다.

조련사가 못난 새처럼 날아갔다고 스텔라가 말했다. 스텔라
는 그 수코끼리를 다시는 보지 못했다.

스텔라의 코

스텔라의 코는 엄청 근사하다. 스텔라는 코로 땅콩 한 알을 정확히 집어 올릴 수 있다. 코로 지나가는 생쥐를 간질이기도 하고, 졸고 있는 지킴이를 톡톡 건드리기도 한다.

스텔라의 코는 아주 놀랍지만, 아직까지는 삭막한 자기 영역의 문을 풀 줄 모른다.

스텔라의 다리에는 아주 어렸을 때 사슬에 묶여 생긴 상처 자국이 있다. 이게 고리처럼 다리를 감싸고 있어서 스텔라는 '발찌'라고 부른다. 스텔라는 그 유명한 서커스단에 있을 때 기둥 위에서 한 발을 딛고 서는 가장 어려운 기술을 부려야 했다. 그러던 어느 날 기둥에서 떨어져 발목을 크게 다쳤다. 스텔라는 절름발이가 되어 다른 코끼리들 뒤에서 누워 지냈다. 그러자 서커스 단장은 스텔라를 맥에게 팔아 버렸다.

스텔라의 다리는 완전히 낫지 않았다. 스텔라는 걸을 때 절뚝거리고, 한자리에 오래 서 있으면 다리에 염증이 생긴다.

•

지난겨울 스텔라의 발이 거의 두 배 크기로 부풀어 올랐다. 열도 엄청 치솟았다. 스텔라는 축축하고 차가운 바닥에 닷새나 누워 있었다.

길고 긴 날들이었다.

지금도 완전히 나았는지는 잘 모르겠다. 스텔라는 불평하지 않는다. 그래서 몸 상태가 어떤지 알아내기가 쉽지 않다.

여기 서커스장에선 족쇄 같은 건 쓰지 않는다. 바닥의 걸쇠에 묶어 놓은 거친 밧줄 정도가 전부다.

스텔라가 이렇게 말했다. "난 너무 늙어서 말썽을 일으키지 않는다고 생각하나 봐."

"나이가 많으면 다 속아 넘어가지."

•

계획

아무도 찾아오지 않은 지 이틀이 되었다. 맥은 신경이 곤두섰다. 손아귀에서 돈이 새어 나간다고 불평했다. 그러면서 우리 모두를 팔아 치울 거라고 소리쳤다.

파랗고 노란 마코앵무새 델마가 맥에게 십 분 사이에 세 번이나 "뚱보 씨, 키스해 줘요."라고 지껄였다. 맥은 사이다 캔을 델마에게 집어 던졌다. 델마는 아슬아슬하게 옆으로 피했다. 날개 끝이 잘려서 날 수는 없지만 폴짝 뛸 수는 있었다. "바보 멍청이!" 델마가 날카롭게 괴성을 질렀다.

맥은 쿵쿵거리며 사무실로 들어가서 문을 쾅 닫았다.

나는 혹시 내가 손님들에게 지겨워진 건 아닐까 궁금했다. 어쩌면 한두 가지 묘기를 배우면 도움이 될지도 모른다.

인간은 내가 먹는 모습을 보고 즐거워한다. 다행히 나는 언제나 배가 고프다. 나는 천성이 먹보다.

•

실버백 고릴라는 하루에 음식을 20킬로그램은 먹어야 한다. 과일과 나뭇잎과 씨앗과 줄기와 나무껍질과 덩굴과 썩은 나무를 말이다. 그렇게 먹어야 고릴라다운 풍채를 지킬 수 있다.

물론 나는 식물에 우연히 딸려 온 곤충도 좋아한다.

나는 좀 더 많이 먹을 작정이다. 그럼 손님들이 좀 더 찾아오지 않을까? 내일은 25킬로그램을 먹어야지. 어쩌면 30킬로그램을 먹을지도 모르겠다.

그럼 맥이 기뻐하겠지?

•

밥

나는 내 계획을 밥에게 설명했다.

밥은 이렇게 대꾸했다. "아이반, 확실한 건 네가 많이 먹는다고 해서 문제가 해결되진 않는다는 거야." 밥은 내 가슴으로 뛰어들어 턱을 핥으며 먹을 게 남았는지 살폈다.

밥은 떠돌이 개다. 오래도록 머물러 지낼 집이 없다. 밥은 잽싸고 영리해서 쇼핑몰 직원들이 녀석을 잡기를 일찌감치 포기했다. 밥은 생쥐처럼 갈라진 틈새로 살금살금 다닐 수 있다. 밥은 쓰레기통에서 핫도그 끄트머리를 찾아 배불리 먹고, 바닥에 떨어진 레모네이드나 아이스크림을 디저트 삼아 핥아 먹는다.

나는 밥에게 내 간식을 좀 나눠 주려 했다. 그런데 밥은 자기는 입맛이 까다로워서 스스로 구해 먹어야 한다며 사양했다.

밥은 검은꼬리 프레리도그같이 매우 작고, 야무지고, 잽싸다. 밥은 밤색 털에 큰 귀를 가지고 있다. 꼬리는 바람에 흔들리

•

는 풀잎같이 춤추면서 일어선다.

밥의 꼬리를 보면 어지럽고 혼란스럽다. 인간의 말처럼 뜻 속에 뜻이 있다. "난 슬퍼."라고도 하고, "난 행복해."라고도 하고, "조심해! 내가 작아 보여도 이빨은 아주 날카롭다고."라고도 한다.

고릴라는 꼬리를 사용할 필요가 없다. 우리는 감정이 복잡하지 않다. 우리 엉덩이에는 아무런 꾸밈이 없다.

밥에겐 원래 다섯 남매가 있었다고 한다. 태어난 지 몇 주도 안 됐을 때 인간이 트럭에 남매들을 싣고 고속도로를 달리다가 밥을 창밖으로 던져 버렸다. 밥은 도랑으로 굴러 떨어졌다.

다른 형제들은 보이지 않았다.

고속도로에 버려진 첫날 밤, 밥은 도랑 속 차디찬 진흙덩이에서 잠을 잤다. 깨어났을 땐 너무 추워서 한 시간이나 다리를 구부릴 수 없었다.

다음 날 밤에는 여기 쇼핑몰 쓰레기장 옆에 있는 더러운 짚

•

47

더미에서 잤다.

또 다음 날 밤에는 내 영역 유리벽에서 작은 구멍을 발견했다. 나는 털이 북실북실한 도넛을 먹는 꿈을 꿨다. 어둠 속에서 눈을 떠 보니 내 배 위에서 작은 강아지가 코를 골며 자고 있었다.

나는 그때까지 남의 온기를 느껴 본 적이 거의 없어서 어쩔 줄을 몰라 했다. 그때까지는 손님이 내 영역 안으로 들어온 적도 없었다. 물론 맥이나 지킴이가 들어온 적은 있었다. 생쥐들이 왔다 갔다 한 적도 있었고, 천장에 난 구멍으로 우연히 참새가 들어와 날아다니기도 했다.

하지만 모두 오래 머물지는 않았다.

나는 밤새도록 움직이지 않았다. 혹시라도 밥이 깰까 봐 꼼짝도 하지 못했다.

야생

한번은 밥에게 왜 떠돌이로 사느냐고 물어봤다. 나는 인간이 개를 엄청나게 좋아한다는 걸 안다. 고릴라보다 강아지를 껴 안기가 왜 더 쉬운지도 안다.

밥은 이렇게 대답했다. "어디나 다 내 집이야. 나는 야생 동 물이니까, 친구. 길들여지지 않고 당당하지."

나는 밥에게 너도 스텔라 등에 타는 스니커스처럼 공연할 수 있을 거라고 말했다.

밥은 스니커스가 맥의 사무실에서 분홍색 베개를 베고 잔다 고 대꾸했다. 캔에 든 더러운 냄새가 나는 고기를 먹는다고도 했다.

밥은 얼굴을 찌푸렸다. 작은 송곳니가 드러나며 입술이 뒤틀 렸다.

"푸들은 기생충이야."라고 밥이 말했다.

•

피카소

맥이 노란색 새 색연필과 도화지 열 장을 줬다. "이봐, 피카소! 밥값은 해야지?"라고 하면서.

피카소가 누구지? 나처럼 타이어 그네를 타나? 아니면 색연필을 먹나?

나는 인기가 없어졌다는 걸 알고 있다. 그래서 최선을 다해 그린다. 색연필과 생각을 연결한다.

내 영역을 잘 살펴봤다. 뭐가 노란색이더라?

바나나다.

바나나를 그린다. 도화지가 조금, 아주 조금 찢어졌다.

등을 기대고 누우니까 맥이 와서 그림을 가져갔다. "다음엔 다른 걸 그려 보라고. 이제 아홉 장 남았어."

•

노란 게 또 뭐가 있더라? 내 영역을 구석구석 살펴봤다.

바나나를 또 하나 그렸다. 남은 여덟 장도 모두 바나나로 채웠다.

•

손님 셋

인간 손님이 셋 왔다. 어른 여자, 남자아이, 여자아이.

나는 이들을 위해 내 영역을 뽐내며 걸어 다녔다. 타이어 그네에 대롱대롱 매달리기도 했다. 그러곤 바나나 껍질 세 개를 잇따라 먹었다.

남자아이가 유리벽에다 침을 뱉었다. 여자아이는 손에 가득 쥔 조약돌을 던졌다.

유리벽이 있어서 때론 다행이다.

돌아온 손님들

공연이 끝나자 침을 뱉고 돌을 던졌던 아이들이 돌아왔다.

나는 내 강력한 이빨을 드러냈다. 수조의 물을 첨벙첨벙 쳐댔고, 으르렁거리다 소리를 질렀다. 그리고 먹고 또 먹고 또 먹었다.

아이들은 자기들의 약해 빠진 가슴을 두드렸다. 그리고 조약돌 몇 개를 더 던졌다.

나는 "찌질한 침팬지 녀석들." 하고 중얼거렸다. 아이들을 향해 내 똥공을 던졌다.

가끔은 유리벽이 없었으면 하는 생각이 든다.

·

미안

그 아이들을 "찌질한 침팬지."라고 불러서 미안하다.

엄마가 봤다면 나를 아주 부끄러워했을 것이다.

•

줄리아

침 뱉고 돌 던지던 아이들처럼 줄리아도 어린아이다. 하지만 그건 그 애 잘못이 아니다.

줄리아 아빠 조지는 밤마다 쇼핑몰을 청소한다. 줄리아는 내 영역 앞에 앉는다. 줄리아는 앉고 싶은 곳 아무 데나 앉을 수 있다. 회전목마 옆, 식당가, 톱밥으로 덮인 관객석 등등. 하지만 줄리아는 늘 내 옆에 앉으려 한다. 자랑하는 게 아니다.

내 생각엔 우리 둘이 그림 그리는 걸 좋아해서 그런 것 같다.

줄리아의 엄마 세라도 쇼핑몰에 와서 청소를 돕곤 했다. 하지만 몸이 아파 해쓱해지고 구부정해지자 더 이상 오지 않았다. 매일 밤 줄리아는 아빠를 도우러 온다. 조지는 "줄리아, 숙제를 해. 바닥은 곧 또 더러워진단다." 하고 말한다.

나는 숙제가 뭔지 알아냈다. 숙제는 뾰족한 연필과 두꺼운 책과 푹 꺼지는 한숨으로 이루어져 있다.

·

난 연필 씹는 걸 좋아한다. 나라면 숙제를 정말 잘 해낼 텐데.

때때로 줄리아는 꾸벅꾸벅 존다. 때때로 책을 읽는다. 하지만 대부분은 그림을 그리고 낮에 있었던 이야기를 들려준다.

인간이 왜 나한테 말을 거는지 모르겠지만 자주 말을 건다. 아마도 내가 인간 말을 알아듣지 못한다고 생각해서 그런가 보다.

아니면 내가 대꾸를 못 하기 때문인지도 모른다.

줄리아는 과학과 미술을 좋아한다. 줄리아는 라일라 버피라는 친구를 좋아하지 않는다. 줄리아의 옷이 낡았다고 놀려 대기 때문이다. 데숀 윌리엄스는 좋아한다. 데숀은 줄리아를 놀리기는 하지만 좀 재밌는 방식으로 한다. 줄리아는 커서 유명한 화가가 되고 싶어 한다.

때때로 줄리아는 나를 그린다. 그림 속에서 나는 우아한 친구다. 내 은색 등은 이끼 위에 비친 달빛처럼 빛난다. 고속도로 옆 빛 바랜 광고판에서처럼 결코 화난 인상이 아니다.

다만 나는 언제나 조금은 슬픈 표정이다.

•

밥 그리기

나는 줄리아가 그리는 밥 그림을 좋아한다.

줄리아는 밥을 도화지에 꽉 차게 날아다니는 모습으로 그린
다. 밥은 발과 털이 희미해질 정도로 날아다닌다. 가만히 있
는 모습, 깡통을 찾아 휴지통을 기웃거리는 모습, 내 둥근 배
위에서 자는 모습을 그리기도 한다. 밥에게 날개나 사자 갈기
를 그려 넣기도 한다. 한번은 거북 등을 입은 모습도 그렸다.

사실 줄리아가 밥에게 해 준 가장 멋진 것은 그림을 그려 준
게 아니다. 밥이라는 이름을 붙여 준 것이다.

오랫동안 밥을 뭐라고 불러야 할지 아무도 몰랐다. 때때로 쇼
핑몰 직원들은 간식거리를 들고 밥에게 다가가려 했다. 감자
튀김을 들고 "멍멍아, 이리 온." 하거나, "쫑쫑아, 샌드위치 줄
까?"라고도 했다.

하지만 밥은 누군가 너무 가까이 다가오기 전에 어둠 속으로
잽싸게 내빼 버린다.

•

어느 날 오후에 줄리아는 내 영역 구석에 있는 털북숭이 강아지를 그리기로 했다. 처음에 줄리아는 손톱을 물어뜯으며 그 강아지를 오랫동안 관찰했다. 줄리아는 마치 예술가가 세상을 이해하려 할 때 바라보는 방식으로 강아지를 바라봤다.

마침내 줄리아는 연필을 쥐고 그리기 시작했다. 끝마치고 나선 도화지를 들어 올렸다.

귀가 커다란 작은 강아지가 도화지에 그려져 있었다. 영리하고 꾀 많아 보이는 강아지였다. 그런데 뭔지 모르게 안타까움이 느껴지는 눈빛이었다.

강아지 밑에는 검은색으로 동그랗게 그려진 굵고 또렷한 표시가 세 개 있었다. 읽지는 못하지만 어떤 글자인 것은 확실했다.

줄리아 아빠가 어깨너머로 그림을 봤다. 그는 고개를 끄덕이며 "진짜 저 강아지네."라고 말했다. 그러곤 동그란 표시를 가리키며 "얘 이름이 밥인 줄은 몰랐는데." 하고 말했다.

줄리아가 "나도 몰랐어요. 그림을 그리다 보니 저절로 이름이 떠올랐어요." 하며 미소 지었다.

•

밥과 줄리아

밥은 인간이 자기를 만지지 못하게 한다. 인간 냄새 때문에 체할 지경이라고 한다.

다만 줄리아 발치에는 가끔 앉아 있는다. 그러면 줄리아는 밥의 오른쪽 귀 뒤를 부드럽게 어루만진다.

맥

맥은 마지막 공연이 끝나면 퇴근을 한다. 그런데 오늘은 늦게까지 사무실에 남아 있다. 사무실 일을 마치고는 내 영역에 와서 갈색 병에 든 것을 마시며 오랫동안 나를 쳐다봤다.

조지가 빗자루를 들고 맥 옆으로 왔다. 맥은 조지에게 늘 하던 말을 했다. "오늘은 어땠어? 사업이란 게 다 그렇지. 점점 좋아질 거야. 두고 보라고. 쓰레기통 비우는 거 잊지 말고."

맥이 줄리아가 그리는 그림을 쳐다봤다. "뭐 하고 있니, 줄리아?"

"엄마한테 드릴 거예요. 하늘을 나는 강아지예요." 줄리아는 그림을 들어 올려 뚫어지게 바라보며 말을 이었다. "엄마는 비행기를 좋아해요. 강아지도 좋아하고요."

맥은 이해하지 못하겠다는 듯이 "음." 하며 머뭇거리다 조지를 바라보며 물었다. "부인은 요즘 어때?"

•

"그냥 그래요. 좋은 날도 있고 나쁜 날도 있고." 조지가 대답했다.

"그래, 다들 그렇지." 맥이 말했다.

맥이 나가려다 멈춰 섰다. 주머니에 손을 넣어 구깃구깃한 초록색 종이를 꺼내 조지의 손에 쥐여 줬다.

맥은 어깨를 으쓱하며 말했다. "애한테 색연필 좀 사 줘."

맥은 조지가 고맙다고 말하기도 전에 벌써 문밖을 나섰다.

•

잠이 안 와

줄리아와 아빠가 집으로 가고 나자 나는 스텔라에게 말했다. "스텔라, 잠이 안 와."

"넌 당연히 잠들 수 있어. 잠의 대왕이잖아." 스텔라가 말했다.

"쉬잇, 고추 튀김 꿈 꾸는 중이란 말이야." 내 배 위에 자리를 잡은 밥이 말했다.

"난 정말 피곤해. 근데 잠이 안 와." 내가 말했다.

"왜 피곤해?" 스텔라가 물었다.

나는 잠시 생각했다. 뭐라고 대답하기가 힘들었다. 고릴라는 불평하는 법이 없으니까. 우리는 몽상가이고, 시인이고, 철학자이고, 잠꾸러기다.

나는 타이어 그네를 걷어차며 대답했다. "잘 모르겠어. 아마 내 영역에서 지내는 게 지쳐서일지도 몰라."

.

"여기가 인간이 만들어 놓은 '우리'라서 그렇지." 밥이 말했다.

밥이라고 늘 눈치가 있는 건 아니다.

"그래, 네 영역은 아주 작아." 스텔라가 말했다.

"그리고 넌 아주 큰 고릴라고." 밥이 말했다.

"스텔라?" 내가 불렀다.

"응?"

"오늘 평소보다 다리를 더 절룩거리던데, 괜찮아?"

"응, 그냥 조금······."

나는 한숨을 쉬었다. 밥은 다시 자리를 잡았다. 밥의 귀가 틱틱 튀었다. 침을 조금 흘렸지만 그냥 내버려 두었다. 익숙해졌으니까.

"뭣 좀 먹어 봐. 넌 먹으면 기분이 좋아지잖아." 스텔라가 말

•

했다.

나는 오래된 갈색 당근을 먹었다. 별 소용이 없었다. 하지만 스텔라에게 말하진 않았다. 스텔라는 잠을 자야 하니까.

"아니면 즐거웠던 때를 생각해 봐. 나도 잠을 못 이룰 때 그러거든." 스텔라가 말했다.

스텔라는 태어날 때부터의 모든 순간을 다 기억한다. 냄새도, 저녁노을도, 상처도, 승리도 모두.

"있잖아, 나는 기억을 많이 못 해." 내가 말했다.

"기억을 '못 하는' 것과 '안 하는' 건 다른 거야." 스텔라가 부드럽게 말했다.

나는 고개를 끄덕였다. "맞아." 기억하지 않는 것은 어려운 일일 수 있다. 하지만 나는 그러려고 애를 썼다.

스텔라가 덧붙였다. "기억은 소중해. 우리가 누구인지 말해주니까. 여기 왔던 지킴이들을 모두 떠올려 봐. 넌 늘 하모니

•

카를 갖고 다니던 칼을 좋아했잖아."

칼. 그래. 내가 아직 어릴 때 칼이 나한테 코코넛을 준 걸 기억한다. 그걸 까서 먹는 데 종일 걸렸지.

다른 지킴이들도 떠올려 보려고 애썼다. 내 영역을 청소하고 음식을 챙기고 때때로 나와 같이 놀던 사람들 말이다. 내가 입을 벌리자 콜라를 부었던 후안, 내가 잘 때 빗자루로 찔러 댔던 카트리나, 슬픈 미소를 지은 채 내 물그릇을 닦으면서 〈창가의 저 원숭이 얼마에 파나요?〉라는 노래를 불렀던 엘런도 있었다.

그리고 나에게 통통하고 달콤한 딸기가 든 상자를 가져다주었던 제럴드도 있었다.

제럴드는 내가 가장 좋아했던 지킴이다.

나를 오랜 시간 동안 돌봐 줬던 지킴이는 없었다. 맥은 고릴라 돌보미에게 낼 돈이 없다고 말했다. 요즘엔 조지가 내 우리를 청소하고 맥이 밥을 가져다준다.

•

나를 돌봐 줬던 사람들을 떠올려 보면 대부분은 맥이 생각난다. 맥은 날이 바뀌고 해가 바뀌고 또 바뀌는 동안 나를 돌봐 줬다. 맥은 나를 샀고, 길렀으며, 이제 더 이상 내가 귀엽지 않다고 한다.

실버백 고릴라는 귀여울 수가 없다는 듯이 말이다.

쓸쓸한 회전목마에 달빛이 내린다. 고요한 팝콘 수레에도, 오래전 사라진 암소 냄새가 나는 가죽 벨트 가판대에도.

스텔라가 무겁게 내쉬는 숨소리는 마치 나무에 부는 바람 같다. 그리고 나는 나를 찾아올 잠을 기다린다.

•

딱정벌레

맥이 나에게 새 검은색 색연필과 새 도화지 더미를 줬다. 다시 일해야 할 때다.

나는 색연필 냄새를 맡아 보고, 손으로 굴려 보고, 뾰족한 부분으로 손바닥을 찔러 봤다.

새 색연필보다 더 좋은 건 없다.

그릴 게 있는지 내 영역을 살펴봤다. 뭐가 검은색이더라?

오래된 바나나 껍질이 맞춤하지만, 이미 다 먹어 치운 지 오래다.

안-술래는 갈색이다. 내 작은 수조는 파란색이다. 오늘 오후에 감춰 둔 요거트 건포도는 적어도 겉부분은 흰색이다.

뭔가가 구석에서 움직인다.

•

아, 손님이 있었구나!

반짝거리는 딱정벌레가 내 영역에 들렀다. 곤충들은 다른 곳으로 가는 길에 내 영역을 가로지르곤 한다.

"딱정벌레, 안녕?"

딱정벌레가 조용히 멈췄다. 곤충들은 절대로 대화하려고 하지 않는다.

딱정벌레는 반짝이는 도토리같이 생긴 매력적인 곤충이다. 딱정벌레는 어두운 밤처럼 까맣다.

그래! 딱정벌레를 그려야지.

새로운 그림을 그리는 건 어려운 일이다. 시작할 기회조차 거의 없었다.

그래도 시도했다. 먼저 친절하게도 가만히 멈춰 있는 딱정벌레를 바라보고, 그다음에 도화지를 바라봤다. 몸뚱이, 다리, 작은 더듬이, 부루퉁한 얼굴을 그렸다.

•

운이 좋았다. 딱정벌레는 종일 머물렀다. 보통 곤충들은 잠깐 찾아왔다 이내 가 버리는데 말이다. 나는 이 딱정벌레 마음이 괜찮은지 궁금해지기 시작했다.

때때로 곤충들을 우적우적 씹어 먹곤 했던 밥이 나보고 딱정 벌레를 먹으라고 했다.

밥에게 그게 꼭 필요한 일은 아니라고 말해 줬다.

마지막 그림을 막 마치자 맥이 돌아왔다. 조지와 줄리아도 함 께 왔다.

맥은 내 영역으로 들어와서 그림 한 장을 집어 올렸다. "이게 뭐지? 뭘 보고 그렸는지 전혀 짐작할 수 없는데. 이건 그냥 아무것도 아니야. 그냥 커다랗고 새까만 점 뭉치잖아."

줄리아는 내 영역 밖에서 가만히 서 있다가 "나도 봐도 돼 요?" 하고 물었다.

맥은 내 그림을 들어 올려 유리벽에다 댔다. 줄리아는 머리를 갸우뚱거렸다. 한쪽 눈을 찡그리며 감기도 했다. 그러다가 활

•

짝 뜨더니 내 영역을 살펴보기 시작했다.

줄리아가 소리 질렀다. "난 알아요! 이건 딱정벌레예요! 저기 아이반 수조 너머에 딱정벌레가 있잖아요."

"어이쿠, 이런! 좀 전에 해충약 뿌렸는데." 맥이 벌레에게 다가가더니 딱정벌레 다리를 집어 올리려 했다.

맥에게 잡히기 전에 딱정벌레는 휙 날아서 벽 틈새로 사라져 버렸다.

맥은 내 그림을 다시 보기 시작했다. "그래, 네 추측에 이게 딱정벌레라는 거지? 뭐, 그렇다면 그런 거지."

줄리아가 내게 미소 지으며 말했다. "맞아요, 틀림없이 딱정벌레예요. 척 보자마자 알아봤어요."

주변에 같은 예술가가 있다는 건 좋은 일이다.

변화

스텔라가 가장 먼저 변화를 눈치챘다. 그리고 우리도 곧 그 변화를 느꼈다.

새 동물이 우리 쇼핑몰에 온다는 것이다.

어떻게 알았느냐고? 우리는 들을 수 있으며, 볼 수 있고, 무엇보다도 냄새를 맡을 수 있으니까.

인간은 어떤 변화가 있을 때 이상한 냄새를 풍긴다.

꼭 파파야가 조금 섞인 썩은 고기 냄새 같다.

•

추측

밥은 새 이웃이 눈이 쫙 찢어지고 꼬리가 배배 꼬인 호랑이일 거라며 겁을 냈다. 하지만 스텔라는 오늘 오후에 아기 코끼리가 트럭을 타고 올 거라고 말했다.

"그걸 어떻게 알아?" 하고 내가 물었다. 난 공기 속에서 캐러멜 팝콘 냄새만 맡아지던데.

나는 캐러멜 팝콘을 좋아한다.

"그 애 목소리가 들려. 그 애가 엄마를 찾으며 울고 있어." 스텔라가 말했다.

나도 귀를 기울였다. 자동차들이 급히 지나가는 소리가 들렸다. 흑곰이 자기 영역에서 내는 코골이 소리가 들렸다.

하지만 코끼리 소리는 들리지 않았다.

"그냥 추측하는 거지?" 내가 물었다.

•

"아니야. 절대로 추측이 아니야." 스텔라가 눈을 감으며 부드
럽게 말했다.

•

잠보

텔레비전이 안 켜졌다. 그래서 새 이웃을 기다리는 동안 스텔라에게 이야기를 해 달라고 했다.

스텔라는 오른쪽 앞발을 벽에다 문질렀다. 발이 다시 아주 흉하고 짙은 붉은색으로 부풀어 올랐다.

"스텔라, 기분이 별로 좋지 않으면 잠깐 낮잠을 잔 다음에 이야기해 줘도 돼."

"아냐, 괜찮아." 스텔라가 몸을 조심스레 움직이며 대답했다.

"그럼 잠보 이야기를 해 줄래?" 잠보 이야기는 내가 가장 좋아하는 이야기다. 밤은 들어 본 적도 없는 이야기일 것이다.

스텔라는 모든 걸 기억하기 때문에 이야기를 아주 많이 알고 있다. 나는 어두컴컴한 발단과, 휘몰아치는 전개와, 구름 한 점 없는 새파란 하늘 같은 결말로 된 알록달록한 이야기를 좋아한다. 하지만 모든 이야기가 다 그렇다.

•

나는 까탈을 부리지 않는다.

스텔라가 이야기하기 시작했다. "옛날에 한 인간 남자아이가 있었어. 그 애는 동물원이라고 하는 곳에 가서 고릴라 가족을 보고 있었지."

밥이 물었다. "동물원이 뭐야?" 밥은 길에서 자란 아주 영리한 개지만 아직까지 보지 못한 게 많다.

"좋은 동물원은 동물들이 살아가는 커다란 영역이야. 자연에 쳐 놓은 우리지. 살기에도 안전한 장소야. 어슬렁거릴 수 있는 방이 있고 사람들은 해를 끼치지 않지." 스텔라가 적당한 표현을 찾느라 잠시 말을 멈췄다. "좋은 동물원이란 인간이 동물들에게 미안한 마음으로 보상을 해 주는 곳이야."

스텔라는 약하게 신음 소리를 내며 조금 움직였다. "남자아이는 벽에 기대서 있었어. 여기저기 보기도 하고 가리키기도 했어. 그러다 균형을 잃고 그만 우리로 떨어지고 말았지."

"인간은 좀 칠칠치 못하니까. 너클 보행을 할 줄 알면 그렇게 자주 넘어지진 않거든." 내가 끼어들었다.

•

스텔라가 고개를 끄덕였다. "맞는 말이야. 어쨌거나 그 아이는 꼼짝 못 하고 흙더미 위에 누워 있었어. 인간들은 소리 지르고 울부짖었지. 근데 잠보라는 실버백 고릴라가 다가와서 아이를 살펴봤어. 잠보는 영역을 지켜야 할 책임이 있거든. 잠보의 무리는 안전거리 밖에서 지켜보고 있었어."

"잠보는 아이를 부드럽게 건드리고, 아이의 상처 냄새를 맡았어. 그러고는 계속 지켜봤어."

"아이가 깨어나자 한 인간이 '움직이지 말고 가만있어!' 하고 외쳤어. 인간은 잠보가 당연히 아이를 해칠 거라고 생각했거든. 인간은 언제나 뭐든지 잘 알고 있다고 생각해."

"아이는 끙끙댔어. 인간은 곧 나쁜 일이 일어날 거라 상상하며 숨을 죽였어."

"잠보는 자기 무리에게 멀리 떨어져 있도록 했지."

"그때 남자 인간이 밧줄을 타고 내려와 아이를 휙 데려갔어."

"아이는 다친 데 없었어?" 밥이 물었다.

·

"응, 다치진 않았어. 그날 밤 아마 부모님이 아이에게 잔소리를 하다가 꼭 끌어안았다가 또 잔소리하다가 끌어안고 계속 그랬겠지." 스텔라가 대답했다.

밥은 꼬리를 잘근잘근 씹다가 고개를 갸웃거리곤 물었다. "진짜 있었던 일이야?"

"사실을 헷갈린 적은 있어도 난 진짜만 말해." 스텔라가 대답했다.

•

행운

나는 잠보 이야기를 여러 번 들었다. 스텔라는 이런 말도 덧붙였다. 실버백 고릴라가 그 아이를 죽이지 않은 걸 인간들은 이해할 수 없어 했다고.

왜 그게 이상한 일이지? 나는 궁금했다. 그 아이는 어리고, 놀랐고, 혼자였는데.

그 아인, 그러니까, 그냥 또 다른 영장류였는데.

밥이 차가운 코로 나를 콕콕 찌르며 물었다. "아이반, 너랑 스텔라는 왜 동물원에 있지 않아?"

나는 스텔라를 바라봤다. 스텔라는 나를 바라봤다. 스텔라는 살짝 서글픈 눈으로 미소 지었다. 이건 오직 코끼리만이 할 수 있는 것이다.

스텔라가 말했다. "그냥 운 때문이겠지."

•

도착

4시 공연이 끝나고 새 이웃이 도착했다.

트럭이 주차장으로 느릿느릿 들어섰을 때 밥이 잽싸게 와서 알려 줬다.

밥은 언제나 무슨 일이 일어나는지 알고 있다. 영역을 벗어나지 못하는 이웃들에게 밥은 정말 유용한 친구다.

맥은 끙끙대며 배달이 되는 식당가 옆 철문을 들어 올리고 있었다.

커다란 흰색 트럭이 연기를 내뿜으며 문에 바짝 붙어 있었다. 운전사가 트럭 문을 열었을 때 나는 스텔라가 옳았다는 걸 알았다.

아기 코끼리가 안에 들어 있었다. 어둠 속에서 삐져나온 코가 보였다.

•

나는 기뻐했다. 그런데 고개를 돌리니 스텔라는 별로 기뻐하
는 얼굴이 아니었다.

맥이 소리 질렀다. "모두 뒤로 물러서요! 새 식구가 왔어요.
이름은 루비야. 우릴 구원해 줄 300킬로그램짜리 재밋거리
지. 이 아가씨가 표 좀 팔아 줄 거야."

맥과 다른 두 남자 인간이 트럭의 컴컴한 동굴로 들어갔다.

뭔가 잔뜩 긁는 듯한 소리가 들렸다. 맥이 엄청 화날 때 내는 소리다.

루비도 시끄러운 소리를 냈다. 마치 선물 가게에서 파는 작은 트럼펫 소리 같았다.

스텔라도 초조해하면서 자기 영역에서 두 발자국 앞으로 두 발자국 뒤로 서성거렸다. 스텔라는 코로 녹투성이 창살을 쳐댔다. 그러고는 투덜거렸다.

"스텔라, 아기 소리가 들려?" 내가 물었다.

스텔라는 낮은 소리로 몹시 화날 때 내는 소리를 중얼거렸다.

"맘을 놔, 스텔라. 다 좋아질 거야."

"아이반, 절대로, 절대로 좋아지지 않을 거야." 스텔라의 대답에 나는 말을 멈춰야 한다는 걸 깨달았다.

•

도와줘, 스텔라

남자 인간들은 여전히 소리를 질러 댔다. 서로를 향해 지르기도 했지만 대부분은 루비를 향해 질러 댔다.

한동안 밀치고, 두드리고, 옮기는 소리가 들렸다. 트럭 한쪽이 덜컹거렸다.

"난 저 코끼리가 좋아지기 시작했어." 밥이 속삭였다.

"저 큰 놈을 데려와야겠어. 요 버릇없는 녀석을 달래서 밖으로 나오게 할지도 모르니까." 맥이 말했다.

맥은 스텔라 영역의 문을 열고 "자, 이리 나온." 하며 바닥 걸쇠에서 밧줄을 풀었다.

스텔라는 맥을 거의 넘어뜨릴 정도로 밀치고 나아갔다. 스텔라는 절뚝거리면서도 가장 빠른 속도로 트럭 뒷문 쪽으로 달려갔다. 부풀어 오른 다리를 사다리에 올려 놓자마자 스텔라는 움찔했다. 피가 조금씩 흘렀다. 스텔라는 사다리를 올라가 다가 멈췄다. 트럭 안의 시끄러운 소리가 멈췄다. 루비가 입을 다물었다.

스텔라는 사다리를 천천히 마저 올라갔다. 발을 옮길 때마다 삐거덕 소리가 났다. 다리가 많이 아픈지 움직이는 모습이 무척 불편해 보였다.

스텔라는 다 올라서서 멈추고는 코를 안으로 콕 찔러 넣었다.

우리는 기다렸다.

작은 회색 코가 다시 보였다. 수줍은 듯이 쏙 나와선 숨을 들이마셨다. 스텔라는 자기 코로 아기를 돌돌 말았다. 둘은 함께 부드럽게 웅웅거리는 소리를 냈다.

우리는 좀 더 기다렸다. 쇼핑몰 전체에 고요함이 내려앉았다.

쿵, 쿵, 한 발자국, 한 발자국, 조용. 다시 한 발자국, 한 발자국, 그리고 조용.

스텔라 밑에 들어가 살아도 될 만큼 작은 코끼리가 보였다.

•

몸은 축 늘어졌고, 이리저리 흔들거리며 사다리를 내려왔다.

맥이 루비를 가리키며 말했다. "이 녀석, 뭐 딱히 완벽한 품종은 아니지만, 망해 버린 서커스단에서 헐값에 팔기에 내가 샀지. 아프리카에서 배로 녀석을 데려왔는데 한 달 있다가 서커스단이 망해 버린 거야. 중요한 건 사람들이 어린 동물을 좋아한다는 거지. 아기 코끼리, 아기 고릴라, 제길! 아기 악어라도 가져오면 떼돈을 벌 텐데."

스텔라는 루비를 자기 영역으로 데려갔다. 맥과 다른 두 남자 인간이 따라갔다. 루비는 문 앞에서 망설였다.

맥이 루비를 밀었지만 녀석은 꼼짝도 하지 않았다. 맥이 "이런 빌어먹을! 루비, 어서 들어가!" 하고 야단쳤지만, 루비도 스텔라도 움직이지 않았다.

맥은 빗자루를 집어 들었다. 그러자 스텔라가 루비 앞으로 나아가 몸을 가려 주었다.

"당장 둘 다 우리로 들어가!" 맥이 소리쳤다.

•

스텔라는 맥을 골똘히 쳐다봤다. 스텔라는 코로 부드럽게, 하지만 야무지게 루비를 자기 영역으로 밀어 넣었다. 그러고 나서 자기도 들어갔다. 맥이 쾅 소리 나게 문을 닫아걸었다.

나는 기다란 코 두 개가 서로 엉키는 걸 봤다. 스텔라가 속삭이는 소리가 들렸다.

밥이 말했다. "불쌍한 꼬마 같으니라고. 8번 출구 서커스 쇼핑몰에 온 걸 환영해. 세상에 단 하나뿐인 아이반이 사는 곳이기도 하지."

•

관심 밖

줄리아는 오자마자 스텔라 영역 앞에 앉아 새 아기를 살펴봤다. 나한테는 말을 거의 걸지 않았다.

스텔라도 내게 말을 걸지 않았다. 루비를 돌보느라 너무 바쁘다.

루비는 몹시 귀엽고 야자나무 잎새처럼 큰 귀를 펄럭인다. 하지만 나는 미남이고 힘도 세다.

밥은 내 배 주위를 빙글빙글 돌다가 적당한 자리에 앉아 말했다. "그만 포기해, 아이반. 넌 이제 관심 밖이야."

줄리아는 도화지와 연필을 꺼내 들었다. 나는 줄리아가 루비를 그리는 걸 봤다.

나는 내 영역 구석으로 가서 입을 삐죽 내밀었다. 밥이 으르렁거렸다. 밥은 내가 자기 낮잠을 방해하면 아주 싫어한다.

•

줄리아 아빠 조지가 "숙제해!" 하며 꾸짖었다. 줄리아는 한숨을 쉬고는 그림을 옆으로 치웠다.

내가 끙 하고 소리를 내자 줄리아가 나를 쳐다봤다. 줄리아는 "불쌍한 아이반, 내가 널 여태 무시하고 있었구나." 하고 말했다.

나는 다시 한 번 끙 소리를 냈다. 이번에는 꽤 위엄 있고 남에게 관심 없다는 듯한 소리였다.

줄리아는 잠시 생각하다가 미소를 짓고 유리가 깨져 구멍이 난 곳으로 다가왔다. 구멍으로 도화지를 집어넣고, 시멘트 바닥으로 연필을 굴려 넣어 줬다.

"너도 저 아기 코끼리를 그려 봐."

나는 내 훌륭한 이빨로 연필을 반쯤 씹었다. 그러고 나서 도화지를 먹어 버렸다.

•

묘기

줄리아와 조지가 가고 나서도 나는 부루퉁해 있었다. 하지만 쓸데없는 일이다.

고릴라는 원래 토라지지 않는다.

나는 스텔라를 불러 말했다. "오늘 보름달이네. 보여?"

때로 운이 좋으면 식당가 너머로 뜬 달을 어렴풋이 볼 수 있다.

"그래, 보여." 스텔라가 목소리를 낮춰 대답했다. 루비가 곧 잠이 들려는 모양이다.

"루비는 괜찮아?" 내가 물었다.

"너무 말랐어. 불쌍한 아기…… 루비는 트럭에서 며칠씩이나 갇혀 있었어. 맥은 나를 사 온 방식과 똑같이 서커스에서 루비를 사 왔지. 하지만 루비는 이전 서커스단에서 오래 있지 못했어. 우리처럼 자연 속에서 태어났거든."

•

88

"괜찮을까?"

스텔라는 내 물음에 대답하지 않았다. "서커스 조련사들이 루비를 바닥에 묶어 놨었대. 네발 모두, 그것도 하루 스물네 시간 내내."

나는 그렇게 묶어 두는 게 혹시 좋은 건 아닌지 골똘히 생각해 봤다. 나는 언제나 인간의 그런 미심쩍은 행동을 좋게 보려고 노력한다.

마침내 내가 물었다. "왜 인간이 그렇게 한 거지?"

"루비의 영혼을 무너뜨리기 위해서지. 그래야 말뚝 위에서 균형 잡고 서는 법을 배울 수 있으니까. 그래야 뒷다리로 설 수 있으니까. 그래야 서커스를 돌 때 개가 루비 등으로 뛰어오를 수 있으니까."

나는 스텔라의 지친 목소리를 듣고 스텔라가 연습했던 많은 묘기들을 떠올려 보았다.

•

자기소개

다음 날 아침에 일어났을 때 나는 스텔라 영역의 창살 사이로 작은 코가 삐죽 삐져나온 걸 봤다.

"안녕? 나는 루비야." 작고 명랑한 목소리였다. 루비는 코를 흔들었다.

"안녕, 나는 아이반이야." 나도 인사했다.

"넌 원숭이야?" 루비가 물었다.

"당연히 아니지."

밥이 귀를 쫑긋 세웠다. 하지만 눈은 여전히 감고 있었다. 밥이 말했다. "얜 고릴라야. 그리고 난 족보 없는 개야."

"왜 저 개가 네 배 위에 올라가 있어?" 루비가 내게 물었다.

그러자 밥이 "그거야 배가 여기 있으니까." 하고 더듬거리며 대답했다.

"스텔라는 깼어?" 내가 물었다.

"스텔라 이모는 아직 자고 있어. 발을 다친 거 같아."

루비는 고개를 돌렸다. 루비의 눈은 스텔라의 눈처럼 검고, 기다란 속눈썹 안의 눈이 마치 키 큰 수풀에 둘러싸인 깊은 호수 같았다. 루비가 물었다. "아침은 언제 먹어?"

"곧 줘. 쇼핑몰이 문을 열고 직원들이 출근해야 해."

루비는 다른 쪽으로 머리를 돌리면서 "다른, 다른 코끼리들은 어딨어?" 하고 물었다.

"여긴 너랑 스텔라만 있어." 내가 대답했다. 어떤 이유에선지 우리는 루비를 실망시킨 것 같았다.

"너 같은 고릴라 또 있어?"

"아니, 지금은 없어."

•

루비는 지푸라기를 조금 들어 살펴보면서 물었다. "넌 엄마랑 아빠 있어?"

"음…… 그랬지."

밥이 끼어들었다. "누구나 부모가 있어. 그건 당연한 거지."

그러자 루비가 말했다. "서커스단에 들어가기 전에 난 엄마랑 이모, 언니, 사촌들이랑 다 같이 살았어." 그러고는 지푸라기를 떨어뜨렸다가 다시 집어 올리고 빙빙 돌렸다.

"다 죽었어."

나는 무슨 말을 해야 할지 몰랐다. 이런 대화는 정말 싫다. 하지만 루비가 더 얘기하고 싶어 한다는 건 알았다. 그래서 "정말 안됐구나, 루비." 하고 예의를 갖춰서 말했다.

"인간이 죽였어."

밥이 "누가?" 하고 물었고, 우리는 모두 입을 다물었다.

•

스텔라와 루비

아침마다 스텔라는 루비를 쓰다듬고 토닥거리고 냄새를 맡는다. 스텔라와 루비는 귀를 펄럭인다. 둘은 으르렁거리기도 하고 뿌우 하고 소리 내기도 한다. 마치 춤추는 것처럼 몸을 흔들기도 한다. 루비는 스텔라의 꼬리에 착 붙어 다닌다. 스텔라의 배 밑으로 슥 미끄러져 들어가기도 한다.

가끔 둘은 서로 코를 정글 덩굴처럼 휘감고 기대서 있기도 한다.

스텔라는 행복해 보인다. 텔레비전에서 본 자연 다큐멘터리 속 동물들보다 훨씬 더 재밌다.

•

세상에 단 하나뿐인 아이반의 집

조지와 맥은 고속도로에 나가 있었다. 창문 너머로 둘의 모습이 보였다. 둘은 키 큰 나무 사다리에 올라갔다. 사다리 끝은 광고판에 걸쳐져 있었다. 지나가는 자동차들에게 잠깐 들러서 세상에 단 하나뿐인 실버백 고릴라 아이반을 구경하고 가라는 광고판 말이다.

조지는 양동이와 긴 빗자루를 들고 있었다. 맥은 광고판에 도화지를 한 장씩 슥슥 붙였다. 조지는 양동이에 빗자루를 살짝 담갔다 뺐다. 빗자루에 적신 물을 도화지에 바르자 도화지가 광고판에 착 달라붙었다.

둘은 도화지를 여러 장 발랐다.

둘이 사다리에서 내려오자 광고판에는 새로운 아기 코끼리 그림이 붙어 있었다. 코끼리는 입 한쪽이 올라가게 활짝 웃고 있었다. 머리에는 빨간 모자를 쓰고, 꼬리가 돼지처럼 말려 있었다. 아무리 봐도 루비 같아 보이진 않았다.

•

아예 코끼리 같아 보이지도 않았다.

내가 루비를 예전부터 알았더라면 저것보단 훨씬 잘 그렸을
텐데.

예술 수업

루비는 궁금한 게 많았다. "아이반, 네 배는 왜 그렇게 커?" "초록색 기린 본 적 있어?" "저 인간이 먹는 분홍색 구름 좀 갖다 줄 수 있어?"

루비가 "벽에 있는 건 뭐야?" 하고 묻자 나는 정글 그림이라고 대답해 줬다. 그러자 루비는 폭포에 물도 없고, 나무에 뿌리도 없고, 꽃에선 향기도 나지 않는다고 말했다.

"나도 알아. 이건 미술 작품이야. 물감으로 그린 그림이야." 내가 대답했다.

"미술 할 줄 알아?" 루비가 물었다.

"그럼, 할 줄 알지." 나는 가슴을 살짝 두드리며 말을 이었다. "난 예전부터 화가였어. 그림 그리는 걸 좋아해."

"왜 좋아해?"

•

나는 말문이 막혔다. 이 얘긴 다른 누구와 해 본 적이 없었다.

"그림 그릴 땐 가슴속이 조용해져……."

"조용한 건 지겨워." 루비가 눈살을 찌푸렸다.

"언제나 그런 건 아니야."

루비는 코로 목 뒤를 긁었다. "그럼 뭘 그리는데?" "바나나를 그리지. 내 영역에 있는 물건들도 그리고. 내 그림은 액자에 끼워서 선물 가게에서 25달러에 팔아."

루비가 또 묻기 시작했다. "액자가 뭐야? 달러가 뭐야? 선물 가게가 뭐야?"

나는 눈을 감으며 대답했다. "지금 조금 졸려, 루비."

"트럭 몰아 본 적 있어?" 루비가 물었다.

나는 대답을 안 했다.

•

"아이반, 밥은 하늘을 날 수 있어?" 루비가 물었다.

갑자기 깜짝 놀랄 만한 기억이 되살아났다. 햇볕 아래서 코를 골며 자던 아빠의 평화로운 모습이 떠올랐다. 나는 아빠를 깨우려고 온갖 방법을 쓰곤 했다.

아마도 그때 아빠는 잠을 푹 잘 수 없었을 것이다.

•

선물

조지가 스텔라에게 "발은 좀 어때, 아줌마?" 하고 물었다.

스텔라는 창살 사이로 코를 삐죽 내밀고 조지의 셔츠 오른쪽 주머니를 뒤적였다.

조지는 매일 밤 스텔라에게 선물을 갖다 준다. 나한테는 그러지 않으면서. 조지는 스텔라를 가장 좋아한다. 하지만 상관없다. 나도 스텔라를 가장 좋아하니까.

스텔라는 조지의 주머니가 빈 것을 알고 실망해서 코로 조지를 휙 밀었다. 줄리아가 키득키득 웃었다.

스텔라가 이번엔 조지의 셔츠 왼쪽 주머니를 뒤졌다. 곧 당근을 찾아내서 잽싸게 가져갔다.

맥이 뒤쪽에서 걸어오며 말했다. "남자 화장실이 꽉 막혔는데. 엉망진창이야."

•

"가서 고칠게요." 조지가 한숨을 쉬며 말했다.

맥이 돌아가려는데 조지가 말을 걸었다. "음, 맥, 가기 전에 스텔라 다리 한번 보세요. 아무래도 염증이 생긴 거 같아요."

맥이 눈을 비비며 말했다. "그래, 덮어 둔다고 낫지는 않겠지. 계속 지켜볼게. 그런데 돈이 없어. 젠장, 우리 형편에 재채기할 때마다 수의사를 부를 수도 없고."

조지는 스텔라의 코를 쓰다듬었다. 스텔라는 혹시나 해서 조지의 주머니를 한 번 더 더듬었다.

조지는 맥이 멀리 사라지는 걸 보고는 스텔라에게 "미안해." 하고 말했다.

코끼리 수수께끼

"아이반! 밥!"

나는 눈을 끔뻑거렸다. 새벽 하늘은 마치 색연필 두 개로 그린 그림처럼 분홍색 자국이 나는 잿빛 얼룩 같았다.

"일어났어?" 루비가 물었다.

"지금 일어났어." 밥이 대답했다.

"스텔라 이모는 아직 자고 있어. 여전히 다리가 아프거든. 그런데 난 진짜진짜……." 루비는 숨을 쉬려고 잠깐 말을 멈췄다. "진짜진짜 지루해."

밥은 한쪽 눈을 뜨고 물었다. "넌 내가 지루할 때 뭘 하는지 알아?"

루비는 너무 궁금하다는 듯 "뭔데?" 하고 물었다.

·

밥이 눈을 감으며 대답했다. "잠을 자."

"루비, 좀 이른 시간이잖아." 내가 말했다.

루비는 문 창살에다 코를 문지르며 말했다. "난 일찍 일어난단 말이야. 옛날 서커스에선 날이 밝기도 전에 일어나서 아침 먹고 원 그리면서 걸었어. 그러곤 다시 내 발을 묶었어. 진짜 아팠어."

루비는 말을 멈췄다. 그러자 밥이 코를 골기 시작했다.

"아이반, 혹시 재밌는 이야기 많이 알아? 나는 특히 코끼리 이야기를 좋아해." 루비가 말했다.

나는 하품을 하며 말했다. "음, 음, 어디 보자, 전에 맥이 해 준 이야기가 있는데. 음…… 냉장고에 코끼리를 어떻게 넣게?"

"어떻게 넣는데?"

"문을 열고 넣지."

•

루비는 가만있었다. 나는 밥이 깨지 않도록 조심하면서 팔꿈치로 몸을 기대고 앉았다.

"알아들었어?"

"냉장고가 뭐야?" 루비가 물었다.

"인간이 쓰는 물건인데, 문이 달린 아주 차가운 상자지. 음식을 안에다 두는 거야."

"음식을 문에다 둔다고, 상자 안에다 둔다고? 상자는 커, 작아?"

나는 이 이야기가 좀 오래 걸릴 것 같아서 아예 일어나 앉았다. 내 배에 있던 밥이 미끄러져서 투덜거렸다.

나는 예전에 반쯤 물어뜯은 연필을 집고서 말했다. "여기 봐. 내가 하나 그려 줄게."

줄리아가 준 도화지를 찾으려고 어스름한 공간을 잠깐 헤맸다. 도화지는 조금 눅눅했고 오렌지 같은 게 묻어 있었다. 아

·

마 귤 자국일 것이다.

나는 열심히 냉장고를 그렸다. 부러진 연필이 말을 듣지 않았다. 하지만 할 수 있는 만큼 최선을 다했다.

다 그리고 나자 번쩍번쩍하는 만화 영화처럼 아침 해가 떠올라 빛을 비췄다. 나는 그림을 들어 루비에게 보여 줬다.

•

루비는 그림을 곰곰 뜯어봤다. 그리고 고개를 돌려 한쪽 검은 눈으로 내 그림을 한참 동안 들여다봤다. "와, 잘 그렸다! 이게 전에 나한테 얘기했던 미술이란 거야?"

"그럼! 나는 뭐든지 그릴 수 있어. 과일은 더욱 잘 그리지."

"그럼 지금 바나나도 그릴 수 있어?"

"당연하지." 나는 도화지를 뒤집어 바나나를 그리기 시작했다.

루비는 "와!" 하고 감탄하다가 내가 도화지를 들어 올리자 존경심이 가득한 목소리로 소리쳤다. "진짜 먹음직스럽다!"

루비는 행복하고 즐거운 코끼리 웃음소리를 냈다. 그걸 보니 옛 기억이 떠올랐다. 춤추듯 흐르는 냇물 같은 소리로 지저귀던 노랗고 작은 새…….

이상하군. 그 새는 정말 까맣게 잊고 있었다. 내가 아직 엄마 품에 안전하게 붙어 있을 때 매일 아침 새벽같이 나를 깨우던 새였는데.

•

루비가 웃자 나는 기분이 좋아서 도화지 둘레를 따라 그림을 하나 더 그렸다. 그리고 하나 더 그렸다. 오렌지, 막대사탕, 당근 같은 것들을.

스텔라가 시큰시큰한 발을 옮기느라 끙끙대며 다가와 "둘이 뭐 해?" 하고 물었다.

"스텔라, 오늘 아침은 좀 어때?" 내가 물었다.

"다 나이 탓이야. 조금 좋아졌어." 스텔라가 대답했다.

"아이반이 나한테 그림 그려 주고 있어. 재밌는 이야기도 해 줬고. 스텔라 이모, 아이반이 정말 좋아." 루비가 말했다.

스텔라가 내게 윙크하며 "나도 그렇단다." 하고 말했다.

루비가 물었다. "아이반, 내가 수수께끼 하나 낼까? 매기가 알려 준 건데, 매기는 예전 서커스단에 같이 있었던 기린이야."

"그래!"

루비가 목을 가다듬고 이야기했다. "음, 있잖아, 오직 코끼리 한테만 있는 게 뭐게?"

그것은 긴 코다. 하지만 나는 대답할 수가 없다. 너무 재밌어 하는 루비의 모습을 지켜 주고 싶어서.

"모르겠는데, 루비. 코끼리한테만 있는 게 뭐지?"

루비가 곧 대답했다. "아기 코끼리지!"

"정말 그렇군, 루비." 내가 말했다. 스텔라는 코로 루비의 등 을 쓰다듬어 줬다.

스텔라가 "정말 그렇구나." 하고 부드럽게 말했다.

아이들

한번은 스텔라에게 아기가 있었는지 물어봤다.

스텔라는 고개를 저으며 "그럴 기회가 한 번도 없었어."라고 대답했다.

"넌 정말 좋은 엄마가 될 수 있었을 텐데."

"고마워, 아이반. 나도 그러길 바랐어. 아기를 갖는 건 엄청 큰 책임이 따르는 일이야. 아기가 질긴 채소도 잘 먹게 해야 하고, 혼자서 진흙 목욕 하는 법도 가르쳐야 하지." 스텔라가 생각에 잠긴 목소리로 말했다.

코끼리들은 생각하는 능력이 아주 뛰어나다.

"부모 역할 중에서 가장 힘든 건……." 스텔라가 잠시 뜸을 들이더니 "아기들이 위험에 빠지지 않게 보살피는 일일 거야." 하고 말했다.

•

109

"실버백 고릴라가 정글에서 하는 일이지." 내가 말했다.

스텔라가 고개를 끄덕이며 "맞아." 하고 대꾸했다.

나는 자신 있게 "넌 아기들을 잘 보살폈을 거야." 하고 말했다.

스텔라는 자기 주위에 있는 쇠창살을 물끄러미 보다가 "글쎄, 잘 모르겠어." 하고 대답했다.

주차장

맥이 내 영역의 유리벽을 청소하고 있는 조지와 수다를 떨었다.

"조지, 주차장에 무슨 일이 생긴 거 같아." 맥이 눈살을 찌푸리며 말했다.

"유리벽 청소 다 하고 가 볼게요. 무슨 일인가요?" 조지가 한숨을 쉬며 물었다.

"주차장에 차들이 있어. 거참, 이상하지. 차들이라고, 조지!" 맥은 활짝 웃기 시작했다. "진짜로 조금씩 나아지고 있는 거야. 이게 다 저 광고판 덕분이라고. 두고 봐. 사람들이 여기 와서 아기 코끼리를 보고 힘들게 번 돈을 쓸 테니까."

"그래요. 이제 우리는 장사 좀 할 수 있겠군요." 조지가 말했다.

맥이 옳았다. 맥과 조지가 루비의 그림을 붙여 알리기 시작한 뒤로 분명히 손님이 늘었다. 인간들은 루비와 스텔라 영역에 모여들어 아주 작은 코끼리를 보고는 "아유!" "어머머!" 하고 소리를 냈다.

나는 인간들을 불러 모으고 힘들게 번 돈을 쓰게끔 하는 커다란 그림을 바라봤다. 루비의 모습은 진짜 코끼리 같지는 않았지만 진짜 귀여웠다.

광고판 속 내 모습에도 동글동글 말린 꼬리와 빨간 모자를 덧붙일 수 있는지 궁금했다. 아마도 그러면 더 많은 손님이 내 영역으로 올 것이다.

아유, 어머머 같은 소리는 나도 낼 수 있다.

루비 이야기

2시 공연을 마치고 루비가 나를 찾아와 졸랐다. "아이반, 다른 재밌는 이야기 좀 해 줘."

"이제 더 해 줄 이야기가 없는걸." 내가 말했다.

루비는 "미안, 스텔라 이모가 자고 있어서 달리 할 게 없었거든." 하고 말했다.

나는 내 턱을 톡톡 두드려 봤다. 애써서 뭔가를 생각해 내려 했다. 그런데 식당가 너머 하늘을 바라보다 코끼리 색 구름이 재빨리 지나가는 데 정신이 팔리고 말았다.

루비는 안달이 나 발을 구르더니 "그래! 그럼 내가 아이반한테 재밌는 얘기를 해 줄게. 진짜 있었던 일이야." 하고 말했다.

"좋아! 얘기해 줘."

루비는 목소리를 낮추고 입을 열었다. "내 얘기야. 내가 어떻게 어떤 구렁으로 빠지게 되었느냐면, 아주 큰 구렁이었는데, 인간이 파 놓은 거야."

밥은 귀를 쫑긋거리더니 유리벽으로 와서 말했다. "뭔가를 파는 얘기는 엄청 재밌지."

루비가 말했다. "어느 마을가에 물로 가득 찬 큰 구렁이 있었는데, 인간이 왜 만들어 놓았는진 모르겠어."

밥이 끼어들었다. "파고 싶어서 팔 때가 있는 법이야."

루비가 계속 이야기했다. "우리 가족은 먹을거리를 찾고 있었어. 그런데 내가 혼자서 막 돌아다니다가 인간 마을에 너무 가까이 가 버렸어." 갑자기 루비가 눈을 크게 뜨고 나를 쳐다봤다. "구렁에 빠졌을 때 난 너무 무서웠어."

"그래, 그랬겠지. 나라도 무서웠을 거 같아." 내가 대꾸했다.

"나도 그래. 그리고 난 파는 걸 좋아해." 밥도 한마디 했다.

루비는 창살 사이로 코를 삐죽 내밀어 동그라미를 그리며 말

•

했다. "그 구렁은 정말 컸어. 그리고 무슨 일이 있었게?"

루비는 대답을 기다리지 않고 말했다. "내 목까지 물이 차서 나는 곧 죽을 거라고 생각했어."

나는 진저리를 치며 물었다. "그러곤 무슨 일이 있었어?"

밥이 어두운 목소리로 끼어들었다. "무슨 일이 있었는지 내가 말해 주지. 인간이 루비를 잡아서 상자에다 넣고 배를 태워 여기까지 데려왔지. 스텔라처럼 말이야."

밥은 귀를 긁느라 잠시 멈췄다가 말을 이었다. "인간은 다 그래. 들쥐의 마음 씀씀이가 인간보다 더 넓고, 바퀴벌레 영혼이 인간보다 더 자애롭고, 파리가 인간보다……."

루비가 재빨리 말했다. "아냐, 밥! 그렇지 않아. 인간이 와서 나를 도와줬어. 내가 구렁에 빠진 걸 보고 밧줄을 갖고 와 내 목과 배에 걸었어. 그리고 마을 사람 모두가 힘을 썼어. 작은 아이들이랑 할머니, 할아버지 들까지 모두 와서 잡아당기고 잡아당기고 잡아당겼어……."

·

루비는 말을 멈췄다. 눈가가 촉촉해졌다. 끔찍했던 그 순간의 일을 떠올리고 있는 것 같았다.

그러고는 속삭이며 말했다. "그리고 나를 구해 줬어."

밥이 눈을 깜빡이며 "인간이 널 구해 줬다고?" 하고 두 번이나 물었다.

루비가 말했다. "내가 마침내 밖으로 나오게 돼서 다들 좋아했어. 나한테 과일도 주고 가족도 찾아 줬어. 꼬박 하루 걸려서 말이야."

밥은 "말도 안 돼." 하며 여전히 의심했다.

"전부 진짜야." 루비가 말했다.

"물론 모두 진짜겠지." 내가 맞장구쳤다.

"나도 예전에 그런 구출담을 들어 본 적 있어." 스텔라의 목소리가 들렸다. 지친 목소리였다. 스텔라는 천천히 루비에게 다가왔다. "인간은 가끔씩 놀라게 할 때가 있어. 예측할 수

•

없는 종족이야. 호모 사피엔스들."

밥은 여전히 의심에 가득 차서 물었다. "하지만 루비는 여기 있잖아. 인간이 그렇게 잘났다면 누가 루비를 이리로 데려왔지?"

나는 화가 나서 밥을 쳐다봤다. 때때로 밥은 가만있어야 할 때를 모른다.

루비는 침을 삼켰다. 울음을 터뜨릴까 봐 걱정됐다. 하지만 루비는 힘찬 목소리로 말했다. "나쁜 인간이 우리 가족을 죽이고, 나쁜 인간이 나를 이리로 데려왔지. 하지만 그날 구렁에서 날 구해 준 것도 인간이야." 루비는 스텔라의 어깨에 기대며 덧붙였다. "그 인간들은 착했어."

밥이 말했다. "말도 안 돼. 나는 인간을 이해할 수 없어. 절대로 그럴 수 없다고."

"넌 혼자가 아니야." 나는 그렇게 말하고 재빨리 달아나는 잿빛 구름을 바라봤다.

•

인기

스텔라는 발이 너무나 아파서 2시 공연에서 어려운 묘기를 보여 줄 수 없게 됐다. 대신에 맥은 절뚝거리는 스텔라를 끌어서 톱밥이 가득한 무대 주위를 돌게 했다.

루비는 그림자처럼 스텔라 뒤를 따라다녔다. 루비는 스니커스가 스텔라 등으로 뛰어올라 머리 위로 깡충 뛰는 모습을 보고는 눈을 휘둥그레 떴다.

4시 공연에서 스텔라는 겨우 무대 출입구까지 걸어갈 수 있었다. 루비는 스텔라 옆을 떠나려 하지 않았다.

7시 공연에서 스텔라는 자기 영역에 남게 됐다. 맥이 루비를 보러 왔을 때 스텔라는 루비 귀에다 어떤 말을 속삭였다. 루비는 스텔라를 애처롭게 바라보다가 곧바로 맥을 따라 무대로 나갔다.

루비는 혼자 무대에 섰다. 밝은 빛 때문에 눈을 자꾸 깜빡였다. 루비는 귀를 펄럭였고, 트럼펫 같은 소리를 작게 냈다. 인

·

간들은 팝콘 먹기를 멈추고 환호성을 지르다 손뼉을 쳤다.

루비가 인기를 끈 것이다.

나는 이게 기쁜 일인지 슬픈 일인지 모르겠다.

•

걱정

공연이 끝나고 줄리아가 두꺼운 책 세 권과 연필 한 자루와 사인펜이라는 물건을 들고 찾아왔다.

줄리아는 "이거 가져." 하며 사인펜 두 자루와 도화지 한 장을 내 영역으로 밀어 넣었다.

나는 해질녘색, 빨간색, 자주색을 좋아한다. 하지만 그림 그릴 생각이 들지 않았다. 스텔라가 걱정됐기 때문이다. 밤마다 스텔라는 아무 말도 하지 않았고 저녁밥도 먹지 않았다.

줄리아가 내가 바라보는 곳을 따라 고개를 돌리더니 "스텔라는 어딨어?" 하고 물었다. 그리고 문 앞으로 다가갔다. 루비가 코를 내밀자 줄리아가 녀석의 코를 쓰다듬었다.

줄리아가 인사했다. "안녕, 아가야? 스텔라는 잘 있니?"

스텔라는 숨을 헐떡이며 더러운 짚 더미에 누워 있었다.

•

줄리아가 외쳤다. "아빠! 이리로 잠깐 와 봐요!"

조지가 대걸레를 내려놓았다.

줄리아가 물었다. "아빠, 스텔라 괜찮을까요? 숨 쉬는 걸 보세요. 맥 아저씨를 불러야 할까요? 정말 아파 보이지 않아요?"

조지가 턱을 긁으며 말했다. "맥 아저씨도 알고 있을 거야. 잘 알고 있지. 그런데 치료하려면 돈이 든단다, 줄리아."

줄리아의 눈이 촉촉해졌다. "네? 아빠, 맥 아저씨를 불러 주세요."

조지는 줄리아를 물끄러미 바라보더니 옆구리에 손을 대고 한숨을 쉬었다. 그러곤 맥에게 전화를 걸었다.

나는 조지의 말을 듣지 못했다. 하지만 조지의 입술이 딱딱하게 굳는 모습을 볼 수 있었다.

고릴라와 인간이 하는 표현은 많이 비슷하다.

●

조지가 줄리아에게 말했다. "맥 아저씨는 스텔라가 낫지 않으면 내일 아침 의사를 부른다고 했단다. 자기가 들인 돈을 생각해서라도 스텔라를 죽게 내버려 둘 순 없대."

조지가 줄리아의 머리를 쓰다듬으며 말했다. "스텔라는 나을 거야. 아주 굳센 코끼리 아줌마니까."

줄리아는 집에 가야 할 때까지 스텔라 앞에 머물렀다. 숙제도 하지 않고, 그림도 그리지 않은 채.

•

약속

스텔라가 부르는 소리에 잠이 깼을 때 내 영역은 달빛으로 은은하게 빛나고 있었다.

스텔라는 쉰 목소리로 자꾸 나를 불렀다.

나는 벌떡 일어나 앉아 "여어, 스텔라." 하고는 유리벽 앞으로 뛰어갔다. 밥이 내 배 위에서 굴러떨어졌다. 루비가 스텔라 옆에서 쌕쌕 자고 있었다.

"아이반, 나한테 약속 하나 해 줘." 스텔라가 말했다.

"응, 그러지." 내가 대답했다.

"난 누구한테도 약속해 달라고 한 적이 없어. 약속은 영원하니까. 영원은 믿기지 않을 정도로 긴 시간이니까. 더구나 네가 우리에 있을 땐……."

나는 "우리가 아니라 영역이야."라고 고쳐 주었다.

•

스텔라가 "그래, 영역." 하고 말했다.

나는 곧추선 채 아빠 목소리를 흉내 내 말했다. "약속하지, 스텔라."

스텔라는 "하지만 내가 무슨 말 하려고 하는지 듣지도 않았잖아." 하고는 잠깐 눈을 감았다. 스텔라는 진저리를 치며 큰 가슴을 떨었다.

"어쨌거나 약속하지."

스텔라는 오랫동안 말을 하지 않았다. 그러다 "아니야, 신경 쓰지 마. 나도 내가 무슨 말을 하려는지 모르겠어. 너무 아파서 바보가 됐나 봐." 하고 말했다.

루비가 몸을 뒤치락거리면서 뭔가를 찾으려는 듯이 코를 이리저리 움직였다.

"넌 내가 루비를 보살피길 바라는 거지?" 나도 모르게 내 입에서 이런 말이 나와 버렸다. 나부터가 깜짝 놀랄 말이었다.

•

스텔라는 조금 움찔하더니 고개를 끄덕였다. "루비가 나랑은 다른 삶을 살았으면 좋았을걸……. 루비한텐 안전한 장소가 필요해, 아이반. 여기가 아니라……."

"그래, 여긴 아니지." 내가 말했다.

루비를 돌보는 건 먹기를 그만두거나, 숨 쉬기를 멈추거나, 고릴라가 되기를 그만두겠다고 약속하는 것보단 쉬울 것이다.

내가 말했다. "약속하지, 스텔라. 실버백 고릴라로서 내가 한 말을 지킬게."

알다

맥보다도 먼저, 밥보다도 먼저, 루비보다도 먼저 나는 스텔라가 세상을 떠난 걸 알았다.

여름이 지나가면 겨울이 다가온다는 걸 아는 것처럼 알았다.

한번은 스텔라가 나를 놀린 적이 있었다. 코끼리는 영장류보다 기쁨과 슬픔을 더 깊이 느끼기 때문에 더 훌륭하다는 거였다.

스텔라는 눈을 반짝이며 말했다. "고릴라 심장은 얼음으로 만들었지만, 우리 심장은 불로 만들었거든."

지금 나는 얼음으로 만든 심장이 있다면 이 세상의 모든 요거트 건포도도 줄 수 있다.

인간 다섯

밥이 들쥐한테서 어떤 소식을 들었다. 인간들이 스텔라를 쓰레기 차에 던져 넣었다는 것이다.

인간 다섯과 지게차가 함께.

위로

온종일 루비를 달랬다. 하지만 달리 할 말이 없었다.

스텔라는 훌륭하고 행복한 삶을 살았을까? 살고자 하는 대로
살았을까? 누구보다 스텔라를 사랑했던 이들 속에서 죽었을
까?

적어도 마지막 질문의 답은 '그렇다'이다.

눈물

줄리아는 내내 울었다. 조지가 비질을 하고, 걸레질을 하고, 먼지를 털고, 화장실을 청소하는 동안 내내.

조지는 맥을 보자마자 달려갔다. 나는 조지가 하는 말 중에서 몇 마디만 알아들었다. 치료, 했어야죠, 잘못한 거예요.

맥은 어깨를 으쓱하다 축 늘어뜨렸다. 맥은 말없이 자리를 떠났다.

조지가 내 유리벽에 묻은 지문을 닦아 낼 때 나는 조지의 턱이 젖어 있는 걸 봤다. 조지는 나와 눈을 맞추려 하지 않았다.

.

세상에 단 하나뿐인 아이반

인간이 모두 가고 나서 밥에게 루비가 어떤지 보고 오라고 했다. 돌아온 밥에게 "좀 어때?" 하고 물었다.

"몸을 떨고 있어서 짚 더미로 덮어 주려고 했어. 그러곤 아이반이 곧 구하러 올 테니까 걱정하지 말라고 했지." 밥이 대답했다.

나는 밥을 노려보며 말했다. "내가 루비를 구한다는 말을 했어?"

밥이 고개를 끄덕였다. "네가 스텔라한테 약속했잖아. 루비 마음을 조금이라도 편하게 해 주고 싶어서……."

나는 "약속을 하지 말았어야 했어. 밥, 난 그냥……." 하면서 스텔라의 영역을 가리켰다. 잠시 동안 마치 숨 쉬는 법을 잊어버린 것 같았다.

"난 스텔라를 행복하게 해 주려 했을 뿐이야. 나는 루비를 구할 수 없어. 나 자신도 추스르지 못하고 있는걸." 나는 등을 돌리고 누웠다. 시멘트 바닥은 늘 차다. 하지만 오늘 밤엔 아프다.

밥이 내 배 위로 뛰어오르며 말했다. "넌 세상에 단 하나뿐인 아이반, 위대한 실버백 고릴라잖아."

밥은 내 턱을 핥았다. 이번에는 내 입 주변에 남은 음식이 있는지 살펴보지 않았다.

밥이 명령했다. "따라 해 봐."

나는 딴청을 피웠다.

"아이반, 따라 해 보라고."

나는 대답하지 않았다. 밥은 내가 더 이상 참을 수 없어 할 때까지 계속 내 코를 핥았다.

나는 "난 세상에 단 하나뿐인 아이반이지." 하고 중얼거렸다.

•

밥이 말했다. "그걸 절대로 잊지 마."

내가 식당가 너머 하늘을 봤을 때 스텔라가 좋아했던 달이
구름 속으로 들어가고 있었다.

옛날에

루비는 밤새도록 훌쩍이고 끙끙댔다. 나는 내 영역을 서성였다. 혹시 루비한테 필요한 게 있을지 몰라 잠을 자지도 않았다.

밥이 부드러운 목소리로 말했다. "아이반, 잠을 자. 널 위해서야. 날 위해서라도 자도록 해."

밥은 내 배 위가 아니면 잠을 자지 못한다.

부스럭거리는 소리가 들렸다. 루비가 "아이반!" 하고 불렀다. 나는 유리벽으로 뛰어갔다. "루비? 무슨 일 있어?"

루비가 흐느끼며 말했다. "스텔라 이모 보고 싶어. 엄마도 언니들도, 이모랑 사촌들도 다 보고 싶어."

나는 "그래, 알아." 하고 대꾸했다. 나도 옛날엔 가족들과 함께 살았으니까.

루비가 훌쩍이며 말했다. "잠을 잘 수가 없어. 스텔라 이모처

•

럼 얘기 하나 해 줄 수 있어?"

"글쎄, 나는 스텔라처럼 얘길 잘 못해서……."

루비가 창살 사이로 코를 내밀며 애원했다. "그럼 아이반 어렸을 때 이야기 좀 해 줘. 응? 아이반."

나는 뒤통수를 긁으며 말했다. "루비, 난 기억을 하지 않아."

밥이 끼어들어 도움을 주었다. "진짜야. 아이반은 기억력이 정말 나빠. 코끼리들이랑은 정반대지."

루비는 떨리는 한숨 소리를 길게 내더니 "음, 그래, 알았어. 잘 자, 아이반, 밥." 하고 말했다.

나는 오래도록 괴로워하며 루비가 내는 숨소리를 들었다.

그때 내 속에서 목소리가 들려왔다. "옛날에 아이반이라는 고릴라가 살고 있었어."

나는 천천히 기억을 더듬어 보았다.

•

으르렁

나는 인간이 중앙아프리카라고 부르는 곳에서 태어났다. 그
곳은 어떤 색연필을 가지고도 흉내 낼 수 없는 아름다운 열
대 숲으로 가득 차 있다.

고릴라들은 인간처럼 아기가 태어났을 때 곧바로 이름을 붙
여 주지 않는다. 아기가 커 가는 모습을 가만히 지켜보면서
무슨 이름을 붙이면 좋을지 찾아본다.

내 쌍둥이 여동생 이름은 '술래'인데 숲에서 나를 쫓아다니
는 걸 너무 좋아해서 부모님이 붙여 준 이름이다.

아, 동생이랑 하던 술래잡기 놀이를 얼마나 좋아했는지! 동
생은 아주 재빨라서 잡기가 어려웠다. 동생은 내가 너무 가까
이 있으면 아빠 품으로 도망쳐서 아빠를 깜짝 놀라게 했다.
그러면 나도 덩달아 뛰어들어 아빠 배에 통통통 부딪쳤다. 아
빠는 한참 후에 땅을 헤집는 돼지처럼 "으르렁" 소리를 냈는
데 그건 "이제 그만!"이란 뜻이었다.

•

그 놀이는 아무리 해도 지루하지 않았다.

어쩌면 아빠는 아니었을지 모르지만.

•

진흙

부모님이 내 이름을 찾아 주기까진 그리 오래 걸리지 않았다. 나는 날마다 종일 그림을 그렸다. 바위와 나무껍질과 불쌍한 엄마 등을 그렸다.

나뭇잎 수액으로 그리기도 하고, 과일즙으로 그리기도 했다. 하지만 대부분은 진흙으로 그렸다.

그래서 부모님은 나를 '진흙'이라고 불렀다.

인간에겐 진흙이 대단찮게 들릴지도 모르겠다. 하지만 나한 텐 전부였다.

·

보호자

인간이 무리라고 부르는 우리 가족은 다른 고릴라 가족과 비슷했다. 실버백인 아빠, 엄마, 그리고 다른 암컷 셋, 블랙백이라 부르던 사춘기 형, 어린 고릴라 둘, 그리고 태어난 지 얼마 안 될 술래와 나, 이렇게 모두 열 식구였다.

우리는 다들 그렇듯 때때로 옥신각신하며 지냈다. 하지만 아빠가 매서운 눈빛을 보내면 우리는 곧 싸움을 끝내고 규칙을 잘 지켰다. 그리고 언제나 우리가 하고 싶은 걸 하며 하루를 보냈다. 날마다 먹을거리를 찾아다녔고, 낮잠을 자거나 놀면서 행복하게 지냈다.

아빠는 아침 식사 때 제일 잘 익은 과일을 구해 주었고, 밤에는 가장 부드러운 나뭇가지로 잠자리를 마련해 주었다. 아빠는 그런 일을 최고로 잘 해냈다. 도와주고 가르치고 보호하는 것처럼 실버백 고릴라라면 해야 할 모든 일을 아빠는 전부 잘했다.

그리고 오로지 아빠만이 '가슴 두드리기'를 할 수 있었다.

·

완벽한 삶

고릴라 아기, 코끼리 아기, 인간 아기는 서로 별다르지 않다. 다만 고릴라 아기는 특별히 다른 점이 하나 있다. 고릴라 아기는 마치 카우보이가 말을 타듯 엄마 등에 딱 달라붙어 하루를 보낸다. 아기 눈으로 보면 꽤 훌륭한 방법이다.

어린 고릴라는 자라면서 조심스럽게 아빠에게 도전하기 시작한다. 더 나아가 엄마의 보호로부터 벗어나려고 한다. 그리고 어른이 되기 위한 여러 기술을 배운다. 나뭇가지로 잠자리 만드는 법(단단히 묶지 않으면 한밤중에 아래로 떨어진다), 가슴 두드리는 법(손바닥을 동그랗게 감싸야 소리가 크게 난다), 한 나무에서 다른 나무로 옮겨 타는 법, 친절해지는 법, 강해지는 법, 충성스러워지는 법…….

어른 고릴라가 되는 과정은 다른 동물들이 어른이 되는 과정과 다르지 않다. 실수하고, 놀고, 배운다. 이 모든 걸 여러 번 되풀이하다 보면 어른이 된다.

한동안, 정말, 완벽한 삶이었다.

•

끝

어느 날, 뜨거운 한낮의 공기가 채 가시기 전에, 인간이 왔다.

·

덩굴

인간은 동생과 나를 잡아서 비좁고 컴컴한 상자에 넣었다. 오줌 냄새와 두려움 냄새가 났다.

나는 살아남기 위해선 지나온 날들을 잊어야 한다는 걸 알고 있었다. 하지만 동생은 집 생각을 떨쳐 내지 못했다. 그 생각은 마치 멀리 뻗어 나간 덩굴처럼 한편으로는 위로가 되었지만 다른 한편으로는 올가미가 되었다.

우리는 여전히 상자에 갇혀 있었다. 동생이 흐리멍덩한 눈으로 나를 바라봤다. 그리고 나는 그 덩굴이 끝내 끊어졌다는 걸 깨달았다.

•

임시 보호

상자를 열어 살피던 인간이 맥이었다. 나를 산 것도 맥이었고, 나를 인간 아기처럼 기른 것도 맥이었다.

나는 기저귀를 찼다. 병으로 물을 마셨다. 침대에서 자고, 의자에 앉아 지냈다. 인간이 성난 벌 떼처럼 소리 내 말할 때마다 나는 귀 기울여 들었다.

맥은 헤어진 아내 헬렌을 데려왔다. 헬렌은 쉽게 웃었지만, 쉽게 화내기도 했다. 특히 내가 무언가를 망가뜨렸을 때. 그런 일은 자주 있었다.

맥 부부와 같이 살면서 내가 망가뜨린 물건 목록은 다음과 같다.

아기 침대 한 개
유리컵 마흔여섯 개
전등 일곱 개
소파 한 개

샤워 커튼 세 장
샤워 커튼 막대 세 개
믹서기 한 대
텔레비전 한 대
라디오 한 대
내 발가락 세 개

믹서기는 치약 튜브 두 개와 본드 한 통을 짜 넣어 망가뜨렸다. 발가락은 천장 전등을 그네처럼 타고 놀려다 부러뜨렸다. 유리컵 마흔여섯 개를 깨뜨렸는데…… 음, 그때 난 유리를 깨는 방법도 가지가지란 걸 알게 됐다.

주말마다 맥과 헬렌은 나를 지붕 없는 차에 태워 패스트푸드 식당으로 데려갔다. 둘은 나에게 감자튀김과 딸기 셰이크를 사 줬다. 맥은 점원에게 "우리 애 먹게 케첩 좀만 더 주세요."라고 말하고는 점원 얼굴이 이상야릇하게 변하는 걸 보고 즐거워했다.

나는 야구 경기도 보러 갔고, 식료품 가게며 극장에도 가 봤고, 심지어 서커스장에도 가 봤다(그 서커스장에 고릴라는 없었다). 작은 오토바이도 타 봤고, 생일 케이크 촛불을 훅 불어서

•

꺼 보기도 했다.

나는 인간처럼 풍요롭게 살았다. 옛 방식을 따르는 부모님은
아마 이런 삶을 받아들이지 않았을 것이다.

굶주림

나는 인간의 삶을 잘 받아들였다. 상추에 드레싱을 뿌려 먹고, 캐러멜 사과를 디저트로 먹고, 버터 바른 팝콘도 먹었다. 내 배는 풍선처럼 부풀어 올랐다.

그런데 마치 음식처럼 여러 모습, 여러 색깔을 띤 굶주림이 나를 찾아왔다. 특히 밤에 파자마를 입고 혼자 누워 있을 때 그랬다. 털을 잘 골라 주던 친구의 손길, 놀이에 흥을 돋우는 으르렁 소리, 우리 무리의 포근함, 어둠 속에서 먹을거리를 찾아 나서는 일이 애타게 그리웠다.

그럴 때마다 나 자신에게 말했다. "술래한테 일어난 일을 기억하자. 정글은 더 이상 생각하지 말자."

지금도 자다가 깰 때면 여전히 굶주림이 느껴진다. 부드러운 마란타 풀잎으로 만든 잠자리에서 자고 있을 누군가의 따뜻함이 그리워진다.

나는 부글거리며 떨어지는 폭포수같이 사이다를 입에 콸콸

•

부어 마시는 걸 좋아한다. 하지만 여전히 부드러운 마란타 줄기를 찾아 나서고 싶다. 저 높이 달려 있는 망고도 따며 놀고 싶다.

•

정물화

하루는 헬렌이 갈색 도화지에 싸인 크고 넙적한 물건을 집으로 가져왔다.

헬렌은 도화지를 급하게 찢어 버리며 말했다. "오늘 내가 뭘 가져왔는지 보렴. 거실 소파 위에다 걸 그림이란다."

맥이 어깨를 으쓱하며 감탄했다. "그릇에 담긴 과일이로군. 대단한걸."

헬렌이 설명했다. "이건 순수예술이야. 정물화라고 해. 정말 아름답지 않니?"

나는 그림에 달려들어 살펴봤다. 색깔이며 모양이며 정말 아름다웠다.

"어머, 아이반이 이 그림을 좋아하나 봐." 헬렌이 말했다.

"아이반은 똥을 둥글게 다져서 다람쥐한테 던지는 걸 좋아

•

해." 맥이 말했다.

나는 그림 속의 사과며 바나나며 포도에서 눈을 뗄 수가 없었다. 진짜처럼 보였고, 나를 자꾸만 부르고 있었다. 그것들은 그러니까…… 먹음직스러웠다.

내가 포도 그림에 손을 대자 헬렌은 내 손을 때리며 "그럼 못 써. 만지면 안 돼." 하고 말했다. 그러고는 몸을 홱 돌려 엄지손가락으로 맥을 가리켰다. "여보, 망치랑 못 좀 가져와요."

맥과 헬렌이 거실에서 바삐 일할 때 나는 주방으로 들어갔다. 식탁에 초콜릿을 두껍게 바른 케이크가 놓여 있었다.

나는 케이크를 좋아한다. 아니, 사실은 사랑한다. 먹는 걸 말하는 게 아니라 그림 그리는 걸 사랑한다는 말이다.

초콜릿이 올라갔다 내려갔다 하며 뿌려진 모습은 마치 작은 연못에 이는 파문 같았다. 기름지고 끈적끈적해 보였고, 진하고 부드러워 보였다.

마치 진흙같이 보였다.

•

148

한 손 가득 케이크 옷을 퍼 올렸다. 그리고 다른 손으로도 가득 펐다.

그러고 나서 냉장고 문으로 다가갔다. 냉장고 문은 아무 그림도 없는 캔버스 천처럼 완전히 깨끗하고 하앴다.

초콜릿은 정글 진흙만큼 뭘 그리기 쉽지는 않았다. 너무 끈적거렸고, 무엇보다도 자꾸만 먹고 싶었다.

하지만 꾹 참고 계속 그림을 그렸다. 조금 남은 초콜릿까지 싹싹 긁어서.

케이크를 조금 먹었던 것 같다.

내가 뭘 그리려 했는지는 기억나지 않는다. 아마도 바나나였을 것이다. 나는 이제 곧 문제가 터질 거라는 걸 알고 있었다.

그러나 그 순간만큼은 아무 걱정이 없었다. 어쨌거나 내 방식대로 어떤 것이든 그려 보고 싶었다.

나는 다시 예술가가 되기로 마음먹었다.

•

벌

나는 곧 인간이 침팬지보다 더 큰 소리로 비명을 지를 수 있다는 걸 알게 됐다.

그러고 나서 다시는 주방에 들어가지 못했다.

·

아기

그때는 쇼핑몰이 지금보다 작았다. 조랑말 타기가 있었고, 경적을 울리며 주차장 주변을 도는 나무 기차가 있었고, 후줄근한 앵무새와 버릇없는 거미원숭이가 있었다.

맥이 아기 고릴라였던 내게 빳빳한 턱시도를 입혀 서커스장에 데려오면서 모든 게 바뀌었다.

여기저기서 인간들이 나와 함께 사진을 찍으려고 몰려들었다. 그들은 나에게 블록 쌓기와 장난감 기타를 사 줬다. 자기 무릎에 나를 앉히기도 했다. 한번은 내가 어떤 아기 인간을 안기도 했다.

아기 인간은 아주 작고 미끌미끌했다. 입에서 침이 보글보글 흘러내렸다. 아기는 내 손을 꼭 잡았다. 엉덩이는 기저귀를 차서 묵직했고, 다리는 잔가지처럼 휘어 있었다.

내가 표정을 짓자 아기도 따라서 표정을 지었다. 내가 그르렁거리자 아기도 그르렁거렸다.

•

아기를 떨어뜨릴까 봐 더욱 꼭 끌어안았다. 그러자 아기 엄마가 아기를 홱 잡아당겨 데려갔다.

나는 우리 엄마도 나를 떨어뜨리지 않으려고 조심했는지 궁금했다. 엄마와 나는 오랫동안 꼭 끌어안고 있었는데 털이 많으면 많을수록 훨씬 더 편했다.

아기 인간들은 못생겼다. 하지만 눈은 아기 고릴라 눈 같다.

아기 인간 얼굴은 너무 컸다. 그리고 세상도 너무 컸다.

침대

헬렌은 어느 날 비명을 질렀다. 그리고 몇 주 뒤 큰 가방을 싸들고 문을 쾅 닫고 나가더니 다시는 돌아오지 않았다.

나는 그 이유를 몰랐다. 지금도 인간들의 이유는 절대 모르겠다.

그날 밤 나는 맥과 함께 침대에서 잤다.

내 옛날 보금자리는 나뭇잎과 나뭇가지로 짜 만든 거였다. 마치 욕실에 있는 욕조나 시원한 초록색 고치 같았다.

맥의 침대는 내 것처럼 평평했고 따뜻했다. 나뭇가지나 별들은 보이지 않았다.

맥은 잠잘 때 아빠가 내던 으르렁 소리를 냈다. 모든 게 평화로울 때 내던 그 소리는 배 속 깊은 곳에서 나는 소리였다.

•

내 자리

맥은 점점 더 시무룩해졌다. 나는 점점 더 커졌다. 의자에 앉기에도, 안아 주기에도 너무 컸다. 인간과 함께 생활하기에도 나는 너무 컸다. 보통 고릴라처럼 커지고 있었다.

나는 조용히 서 있고, 위엄 있게 걸으려고 노력했다. 그리고 우아하게 먹으려고 최선을 다했다. 하지만 인간의 방식은 몹시 어려웠다. 더군다나 나는 인간이 아니니까.

새로운 내 영역을 처음 봤을 때 나는 흥분했다. 누군들 안 그랬을까? 망가뜨릴 가구도 없었고, 깨뜨릴 유리컵도 없었고, 맥의 열쇠를 떨어뜨릴 화장실 변기도 없었다.

대신에 타이어 그네가 있었다.

나만의 공간이 있어서 행복했다.

내가 여기 얼마나 오래 있어야 하는지 그땐 알지 못했다.

•

지금 나는 콜라를 마시고, 오래된 사과를 먹고, 텔레비전에서 나오는 재방송을 본다.

하지만 오랜 시간 동안 나는 내가 누구인지 잊고 있었다. 나는 인간인가, 고릴라인가?

인간은 정말 필요한 만큼보다 말을 더 많이 한다.

하지만, 인간은 그때까지도 내 이름을 짓지 못했다.

•

9876일

루비가 마침내 잠이 들었다. 나는 루비 가슴이 오르락내리락 하는 모습을 지켜봤다. 밥은 또 코를 골았다.

내 가슴은 여전히 쿵쾅거리며 뛰고 있었다. 내 기억으로는 아마도 태어나서 처음 겪는 일인 것 같다.

기억을 해 보니 이상한 이야기였다. 내 이야기는 시작부터 꼬여 있었고 도무지 끝나지 않고 계속되고 있다.

내가 인간과 같이 산 날을 세 보았다. 고릴라는 셈을 아주 잘한다. 비록 정글에선 필요 없는 기술이지만.

나는 많은 일을 잊었다. 하지만 내 영역에서 얼마나 오래 있었는지는 늘 기억하고 있다.

줄리아가 내게 준 사인펜으로 정글 그림 벽에다 작게 × 표시를 하기 시작했다.

·

×를 그리고 또 그렸다. 인간과 살아온 나날을 ×로 표시했다.

내 표시는 이렇게 보인다. ✗ ✗ ✗ ✗ ✗ ✗ ✗

그날 밤 내내 계속 표시했다. 다 그리고 나니 이런 모습이 됐다.

9876개가 될 때까지 벽에다 ×를 그려 넣었더니 마치 못생긴 벌레들이 줄을 지어 기어가는 것처럼 보였다.

새벽의 방문

새벽에 발소리를 들었다. 맥이었다. 맥은 찌르는 듯한 냄새를 풍겼다. 그리고 비틀거리며 걸어왔다.

맥은 내 영역 앞에 와서 섰다. 눈이 시뻘겠다. 맥은 창문 너머로 빈 주차장을 바라봤다.

맥이 "아이반, 내 친구, 아이반." 하고 중얼거렸다. 맥은 유리벽에다 이마를 대고 말했다. "너랑 나랑 많은 일을 겪으며 살아왔구나."

•

새 출발

우리는 이틀 동안 맥을 보지 못했다. 다시 돌아왔을 때 맥은 스텔라 이야기를 더 이상 하지 않았다.

맥은 루비에게 몇 가지 기술을 가르치고 싶어서 안달이 난다고 했다. 새 광고판 덕분에 손님들이 더 많이 온다고 했다. 그리고 이제 새 출발을 할 때라고 했다.

매일 오후부터 저녁까지 맥은 루비에게 묘기를 가르쳤다. 루비는 밧줄로 다리가 묶여 있어서 달리지 못했다. 두꺼운 쇠사슬이 루비의 목에 걸려 있었다. 맥은 루비에게 스텔라의 공과 받침대와 의자를 보여 줬다. 스니커스도 소개해 줬다.

루비가 맥의 말을 잘 들으면 맥은 루비에게 각설탕이나 말린 사과 조각을 던져 줬다. 말을 잘 듣지 않으면 소리를 지르거나 톱밥을 걷어찼다.

조지와 줄리아가 왔을 때도 맥은 여전히 루비를 가르치고 있었다. 줄리아는 벤치에 앉아 그 둘을 바라봤다. 줄리아는 루비를 계속 쳐다보며 그림을 그렸다.

밥도 루비를 지켜봤다. 밥은 내 영역 한구석에 있는 안-술래 밑에 숨어 있었다. 밖에는 비가 오고 있었고, 밥은 발이 젖는 걸 아주 싫어한다.

루비는 머리를 푹 숙이고 맥을 따라 느릿느릿 걸었다. 둘은 끝없이 동그라미를 그리며 걷고 또 걸었다. 가끔씩 맥이 손으로 루비 옆구리를 철썩철썩 때렸다.

갑자기 루비가 멈춰 섰다. 맥이 쇠사슬을 거칠게 잡아당겼지만 루비는 움직이려 하지 않았다.

맥이 거의 애원하다시피 하면서 "왜 그래, 루비? 무슨 문제라도 있어?" 하고 물었다.

내가 중얼거렸다. "지쳐서 그래. 그게 문제야."

맥이 투덜댔다. "멍청한 코끼리 같으니라고."

밥도 투덜댔다. "멍청한 인간 같으니라고."

•

루비는 내 말을 듣기엔 너무 멀리 떨어져 있었지만, 그래도 나는 말했다. "걸어, 루비. 맥이 명령하는 걸 해야 해."

맥이 명령했다. "앞으로 가. 지금 당장."

루비는 걷지 않았다. 톱밥 바닥에 털썩 주저앉고 말았다.

"루비가 지친 거 같아요." 줄리아가 말했다.

맥은 팔등으로 이마를 닦으며 "그래, 나도 알아. 우리 모두 지쳤지." 하고 말했다.

맥이 장화 뒷굽으로 루비를 밀었다. 루비는 꿈쩍도 하지 않았다.

조지가 식당가 청소를 하면서 그 광경을 보고는 큰 소리로 말했다. "맥, 오늘은 그만하는 게 어때요? 이제 나도 나가야 해요."

맥은 루비의 목에 걸린 쇠사슬을 잡아당겼다. 루비는 거대한 나무 기둥처럼 쿡 박혀 있기만 했다. 맥은 점점 더 세게 루비를 끌어당기다 무릎을 꿇을 지경이 됐다. 청바지에 묻은 톱밥을 털어 내면서 맥이 말했다. "나도 더 이상은 못 참겠다. 이렇게 노는 건 끝났어."

맥은 사무실로 들어갔다. 다시 돌아왔을 때는 손에 기다란 막대기를 들고 있었다. 막대기 끝에 갈고리가 어슴푸레 보였는데 마치 초승달처럼 예뻤다.

발톱 달린 회초리였다.

맥은 끝부분으로 루비를 찔렀다. 아프지는 않게, 그저 살짝.

맥은 루비에게 이 회초리로 아프게 할 수 있다는 걸 가르치고 싶었던 것이다.

나는 목구멍 깊은 곳에서 끓어오르는 소리를 냈다.

루비는 움직이지 않았다. 마치 움직이지 않는 커다란 잿빛 바위처럼 앉아 있었다. 두 눈을 감고 있어서 나는 루비가 자고 있나 보다고 생각했다.

•

맥이 말했다. "지금 경고하는 거야." 맥이 큰 숨을 내쉬고는 천장을 쳐다봤다.

루비는 화가 나서 씩씩댔다.

"좋아. 맛 좀 보고 싶다 이거지?"

맥이 회초리를 높이 치켜들었다.

줄리아가 "하지 마요!" 하고 비명을 질렀다.

"상처를 내려는 건 아니야. 그저 정신을 차리게 하려는 거야." 맥이 말했다.

밥이 으르렁거렸다.

맥이 팔을 휘둘렀다. 회초리가 휙 공기를 가르고 루비의 머리 바로 위에서 멈췄다.

맥이 회초리를 다시 높이 치켜들고 말했다. "자, 이제 나를 화나게 만들면 어떻게 되는지 알았지? 당장 일어나!"

•

루비는 머리를 홱 치켜들고 맥을 향해 코를 휘둘렀다.

루비는 톱밥을 뿌리면서 큰 소리를 냈다. 유리벽이 흔들렸다.

세상에서 가장 아름다운 소리였다.

루비의 코가 맥을 철썩 때렸다.

맥의 몸 어느 곳을 때렸는지는 정확히 보지 못했다. 아마 아랫배 아래 어디였을 것이다. 맥은 회초리를 떨어뜨리고 바닥에 뒹굴었다. 틀림없이 되게 아팠을 것이다. 공처럼 둥그렇게 웅크리고서 아기처럼 울부짖었기 때문이다.

"명중이야." 밥이 말했다.

•

불쌍한 맥

맥은 울부짖었다. 비틀거리고 절뚝거리면서 사무실로 돌아갔다. 루비는 맥이 돌아가는 모습을 지켜봤다. 나는 루비의 표정을 읽을 수 없었다. 무서워하는 걸까? 안심하는 걸까? 자랑스러운 걸까?

맥이 가고 나서 조지와 줄리아가 루비를 이끌었다. 줄리아가 루비의 머리를 쓰다듬으며 "괜찮아, 아가야, 괜찮아." 하고 말했다.

둘은 루비를 코끼리 영역으로 데려가서 물과 음식을 먹였다. 오래지 않아 루비는 졸기 시작했다.

조지가 코끼리 영역의 철문을 닫을 때 줄리아가 물었다. "아빠, 맥 아저씨가 정말 루비를 때리려고 했을까요?"

조지는 "글쎄다, 아니길 바라야지." 하고 말했다.

"누군가를 불러야 해요."

•

조지가 턱을 긁으며 말했다. "우리가 루비를 도울 수 있으면 좋겠구나. 하지만 어떻게 도와야 할지 모르겠다. 그러니까, 누굴 불러야 할까? 코끼리 경찰을 부를까? 게다가……." 조지는 고개를 숙이고 말을 이었다. "난 이 일을 해야 해. 우리는 돈 벌 곳이 필요해. 엄마 치료비가……." 조지는 줄리아의 정수리에 뽀뽀를 하고 "자, 이제 우리 각자 할 일을 하러 가자." 하고 말했다.

줄리아는 한숨을 쉬고 배낭에 손을 뻗었다. 도화지를 꺼내고, 물병을 꺼내고, 조그만 금속 상자를 꺼냈다.

조지가 손가락을 까딱까딱 저으며 말했다. "숙제부터 해. 그러고 나서 그림을 그려."

줄리아가 말했다. "미술 숙제 할 거예요. 수채 물감 쓰는 법을 배우고 있어요. 루비를 그리려고요."

조지가 미소를 지으며 말했다. "그래, 맞춤법 공부도 빼먹지 말고 하렴."

줄리아가 다시 물었다. "아빠, 루비가 맥 아저씨 때릴 때 아

•

저씨 얼굴 봤어요?"

조지가 고개를 끄덕이더니 엄숙한 목소리로 말했다. "그래, 봤단다. 불쌍한 맥." 그러고는 고개를 저었다.

조지는 몸을 돌려 걸어갔다. 조지가 껄껄껄 웃는 소리가 들렸다.

•

색깔

줄리아가 금속 상자를 열었다. 초록색, 파란색, 빨간색, 검은색, 노란색, 보라색, 오렌지색의 작은 네모 병들이 나란히 늘어서 있었다. 색색이 반짝반짝 빛났다.

줄리아는 꼬리처럼 얇은 털이 달린 붓을 꺼냈다. 붓에 물을 적시고 도화지에 펴 바른 다음 붓 끝으로 빨간색 네모 병 안을 콕콕 찔렀다.

빨간색을 묻힌 붓이 젖은 도화지에 닿자 아침에 피어나는 꽃처럼 울긋불긋한 꽃잎이 연달아 피어났다.

나는 신기한 붓에서 눈을 뗄 수가 없었다. 잠깐 동안 나는 루비와 맥과 발톱 달린 회초리와 스텔라를 잊을 수 있었다.

거의.

줄리아는 다시 한 번 빨간색을 칠하고 그 위에 파란색을 칠했다. 그랬더니 갑자기 먹음직스러운 포도 같은 보라색이 나

•

왔다. 파란색을 칠했더니 도화지가 여름 하늘이 됐다. 이어서 검은색과 흰색을 칠했다. 루비를 그리려는 모양이었다. 나는 펄럭이는 두 귀와 두꺼운 다리를 알아봤다.

줄리아가 갑자기 그림 그리기를 멈췄다. 몇 발자국 뒤로 물러서서 엉덩이에 손을 짚더니 자기 그림을 살펴봤다.

줄리아는 얼굴을 잔뜩 찌푸리더니 "이 그림이 아닌데." 했다. 줄리아는 어깨너머로 나를 흘깃 바라봤다. 나는 힘내라는 표정을 지었다.

줄리아는 도화지를 구기려다가 잠깐 생각에 잠겼다. 그러더니 유리벽 구멍으로 도화지를 밀어 넣고 말했다. "이거 받아. 줄리아가 그린 진짜 그림이야. 나중에 몇 억짜리가 될 거야."

나는 조심조심 도화지를 집어 올렸다. 조금도 씹어 먹지 않았다.

줄리아가 "아 참, 잊을 뻔했네." 하더니 배낭 있는 쪽으로 달려가서 플라스틱 병 세 개를 꺼냈다. 하나는 노랬고, 하나는 파랬고, 다른 하나는 빨갰다.

•

줄리아가 병을 열자 과일 같지는 않은 묘한 냄새가 코를 찔렀다. 줄리아는 유리벽 구멍으로 병을 하나씩 밀어 넣고, 도화지도 몇 장 넣어 줬다.

"손가락 그림을 그려 봐. 이모한테 선물받은 건데, 난 이제 손가락 그림을 그리기엔 너무 커 버렸잖아."

나는 빨간 병에 손가락을 넣었다. 물감은 진흙처럼 물컹거렸다. 땅에 떨어진 바나나처럼 부드럽고 차가웠다.

손가락을 입에 넣어 봤다. 잘 익은 망고 같지는 않았지만 나쁜 맛은 아니었다.

줄리아가 웃으며 "먹으면 안 돼. 그림을 그려야지." 하고 말하더니, 도화지에다 자기 손가락을 찍었다. "봤지? 이렇게 하는 거야."

나는 도화지에다 내 손가락을 대 봤다. 손가락을 떼자 도화지에 빨간 자국이 찍혀 있었다.

병에서 물감을 좀 많이 꺼내 손바닥 전체에 바른 다음 도화

•

지를 눌렀다. 손바닥을 떼자 도화지에 내 손바닥이 빨갛게 찍혀 있었다.

이건 손님들이 유리벽에다 남긴 손자국과는 다르다. 그것들은 흔적도 없이 사라진다.

이 손바닥 그림은 쉽게 지워지지 않는다.

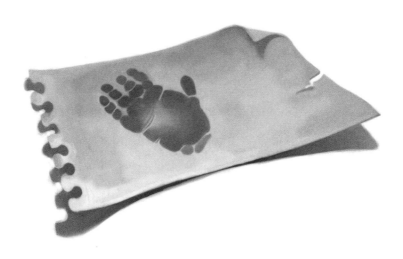

악몽

나는 손바닥에 묻은 빨간색 물감을 문질러 지우며 바닥에 누워 있었다. 밥은 자기 발톱을 핥고 있었다. 녀석이 아까 내 그림을 밟는 바람에 발톱이 빨갛게 되고 말았다.

나는 이따금 한 번씩 빈 무대를 힐끗 쳐다봤다. 발톱 달린 회초리가 달빛에 빛나고 있었다.

그때 루비가 두려움에 찬 목소리로 비명을 질렀다. "하지 마! 안 돼!"

"루비, 나쁜 꿈 꾸고 있니? 괜찮아. 넌 안전해." 나는 루비를 달랬다.

루비는 "스텔라 이모는 어딨어?" 하고 헐떡이며 물었다. 그러더니 곧 "아냐, 다 기억났어." 하고 말했다.

"이제 다시 잠을 자. 오늘 참 힘든 날이었지." 내가 말했다.

•

"잠을 다시 잘 수가 없어. 같은 꿈을 또 꿀까 봐 겁이 나. 매서운 회초리가 날 때렸어……."

나는 밥을 쳐다봤다. 밥도 나를 쳐다봤다.

루비는 코를 창살 사이에 넣고 "아! 맥…… 맥 말이야…… 있지, 맥이……." 하고 중얼거리더니 잠시 뜸을 들이고 물었다. "내가 맥을 아프게 해서 맥이 미친 거 같아?"

나는 거짓말을 하려고 했다. 하지만 고릴라는 절대로 거짓말을 하지 못한다. 나는 결국 "그럴지도 모르지." 하고 대답했다.

"맞고 나서 도망갔잖아." 루비가 말했다.

밥이 코웃음을 치며 말했다. "도망쳤다기보단 엉금엉금 기어 갔지."

우리는 잠시 조용히 있었다. 잔가지가 지붕을 긁었다. 가는 비가 작은북 소리를 냈다. 앵무새 하나가 자면서 잠꼬대를 했다.

•

173

루비가 말을 꺼냈다. "아이반, 뭔가 요상한 냄새가 나."

"맥도 어쩔 수 없지." 밥이 말했다.

"아니, 루비는 줄리아가 준 손가락 그림을 말하는 걸 거야." 내가 말했다.

"손가락 그림이 뭐야?" 루비가 물었다.

"손가락으로 그리는 그림이지." 내가 대답했다.

"그럼 손가락 그림으로 내 모습도 그릴 수 있어?"

"언젠간 가능하겠지." 나는 언젠가 몇 억짜리가 될 줄리아의 그림을 기억해 냈다. 나는 줄리아가 그린 그림을 유리벽에 붙이고 말했다. "이것 보렴. 네 모습이야. 줄리아가 그렸어."

"안 보여. 달빛이 별로 없어. 내 코가 왜 두 개야?" 루비가 물었다.

"그건 다리야." 나는 그림을 설명했다.

•

"그럼 왜 두 개뿐이야?"

"예술은 원래 그래." 밥이 끼어들었다.

루비는 한숨을 쉬며 "다른 이야기 해 줄래? 잠을 잘 수가 없을 거 같아." 하고 말했다.

나는 못 이기겠다는 듯 어깨를 으쓱했다. "내가 알고 있는 얘긴 다 했는데."

루비는 "딴 이야기 해 줘. 다른 이야기 만들어 봐." 하며 졸랐다.

나는 생각하려고 노력했다. 하지만 다시금 맥과 발톱 달린 회초리 생각이 났다.

"아직 멀었어?" 루비가 물었다.

"지금 생각하고 있어."

"아이반, 네가 나를 구해 줄 거라고 밥이 그랬어." 루비가 말했다.

•

"난……." 나는 진실을 말하고 싶었다. "그래, 그러려고 하고 있어."

루비가 아주 작은 목소리로 속삭였다. "아이반, 나 다른 질문이 있는데……."

너무 작아서 알아듣기 힘들었지만 목소리가 작은 걸 보니 대답하기 힘든 질문일 것 같다.

루비는 코로 녹슨 창살을 톡톡 건드리며 물었다. "아이반은 내가 스텔라 이모처럼 언젠간 이 영역에서 죽을 거라고 생각해?"

나는 다시 거짓말을 하려고 했다. 하지만 루비를 쳐다보자 목에서 말이 나오질 않았다. 나는 거짓말 대신에 "아니, 내가 막을 수 있으면 아니야." 하고 말했다.

뭔가 어둡고 뜨거운 것이 내 가슴을 바싹 죄는 것 같았다. 나는 "그리고 여긴 영역이 아니야." 하고 덧붙였다.

나는 잠시 멈췄다가 말을 이었다. "여긴 우리야."

이야기

나는 새 톱밥이 깔린 무대를 쳐다봤다. 하늘도 쳐다보고 반달도 쳐다봤다.

"방금 이야기 하나 생각났어." 내가 말했다.

"지어 낸 거야, 아니면 진짜 이야기야?" 루비가 물었다.

"진짜 이야기라면 좋겠어." 내가 대답했다.

루비는 창살에 기댔다. 루비의 눈에는 고요한 연못이 별을 머금은 듯 창백한 달이 들어 있었다.

내가 말했다. "옛날에 아기 코끼리가 살고 있었어. 똑똑하고 용감했지. 어느 날 동물원이란 곳에 가야만 했어."

"동물원이 뭐야?" 루비가 물었다.

"동물원은 인간이 동물에게 보상을 해 주는 곳이야. 좋은 동

•

물원에선 인간이 동물들을 보살피고 안전하게 지켜 주지."

루비가 조심스레 물었다. "그래서 아기 코끼리가 동물원에 갔어?"

나는 바로 대답하지 않았다. 잠시 후 "그래." 하고 대답했다.

"거기엔 어떻게 갔는데?"

"친구 때문에. 약속을 한 친구가 있었거든." 내가 대답했다.

•

어쩌려고

시간이 아주 많이 걸렸지만 루비는 마침내 다시 잠이 들었다.

밥이 하품하며 속삭였다. "아이반, 동물원 얘긴…… 왜 했어? 어쩌려고 그래?"

갑자기 천 일 동안 잠에 빠져들 것 같은 느낌이 들었다. 나는 "잘 모르겠어." 하고 솔직하게 말했다.

밥이 "뭔가 생각해 둬야 할 거야." 하고 강하게 말했다. 밥의 눈이 감기면서 목소리가 점점 잦아들었다.

"안 그러면?" 내가 따졌지만 밥은 벌써 잠에 빠져들었다.

밥의 작은 다리가 바르르 떨리기 시작했다. 밥이 꿈속에서 달리고 있는 것이었다.

•

기억

밥과 루비가 계속 잔다.

나는 잠을 자지 않는다. 스텔라에게 한 약속과 루비에게 그려
준 그림을 생각한다. 그리고 기억한다.

나는 그 모든 걸 기억한다.

•

그들이 한 짓

나는 동생과 함께 엄마한테 매달려 있었다. 인간이 우리 엄마를 죽였다.

그다음엔 아빠에게 총을 쐈다.

그러고 나서 엄마 아빠의 손, 발, 머리를 잘라 갔다.

•

파는 물건

내 우리 옆에 퀴퀴한 냄새가 나는 잡동사니 가게가 있다.

거기에선 재떨이를 판다. 고릴라 손 모양으로 만든 재떨이다.

.

또 다른 아이반

아침이 밝아 오자 주차장이 이슬로 반짝였다. 나는 고속도로 광고판을 쳐다봤다.

거기엔 내가, 새벽녘의 분홍빛에 물든 세상에 단 하나뿐인 아이반이 있다. 나는 몹시 화가 나 보인다. 짙은 눈썹을 잔뜩 찌푸리고 주먹을 불끈 쥐고 있다.

인간이 왔던 그날 아빠가 지었던 표정이다.

내 생각에 나는 평화를 사랑한다. 나는 세상을 흘러가는 대로 지켜보고, 낮잠과 바나나와 요거트 건포도를 좋아한다.

하지만 내 안에는 또 다른 아이반이 숨어 있다.

그 아이반은 다 자란 남자 인간의 팔다리를 찢어 버릴 수 있다.

눈 깜짝할 사이에 혓바닥을 날름대는 뱀처럼 그 아이반도 복수심을 불태울 수 있다.

•

광고판에 그려진 아이반이 그 아이반이다.

나는 세상에 단 하나뿐인 아이반과 희미하게 지워진 그림 속 스텔라를 쳐다봤다. 그리고 조지와 맥이 사다리를 타고 올라가 루비의 그림을 덧붙이던 모습을 떠올렸다. 8번 출구 서커스 쇼핑몰에 새 손님을 몰고 온 광고판에 말이다.

루비를 구하러 온 마을 사람들 이야기를 기억한다.

스텔라의 착하고 영리한 목소리를 기억한다. "인간은 가끔씩 놀라게 할 때가 있어."

내 손가락에 묻은 빨간색 물감이 핏빛으로 보인다. 나는 내 약속을 어떻게 지킬 수 있는지 깨달았다.

•

낮

낮에는 기다린다. 밤에는 그림을 그린다.

맥이 루비를 무대로 데려갈 때마다 걱정이 된다.

맥은 이제 발톱 달린 회초리를 늘 가지고 다닌다. 하지만 사용하지는 않는다. 그럴 필요도 없다.

루비는 더 이상 싸우지 않는다. 맥이 하라는 대로 뭐든지 다 한다.

•

밤

눈을 감는다. 물감에 손을 담근다.

도화지 한 장을 다 그리고 물감이 마르기를 기다린다.

한 장은 너무 적어서 여러 장이 필요하게 됐다.

나는 다음 도화지로, 또 다음 도화지로, 또 다음다음 도화지로 마구마구 옮겨 갔다.

엄청나게 큰 퍼즐같이 차례로 하나하나씩 그려 나갔다.

아침이 되면 바닥은 그림으로 가득 찬다.

나는 그림들을 더러운 물이 든 수조 아래에 숨긴다. 맥이 선물 가게에서 20달러에(액자에 끼우면 25달러) 팔아 버리기 전에.

이 그림은 루비를 위해서 그리는 것이다. 전부 다.

•

프로젝트

어느 날 아침 잠을 조금 자려 하는데 루비가 불렀다. "아이반, 왜 낮에 그렇게 꾸벅꾸벅 조는 거야?"

"밤엔 어떤 일을 하고 있거든." 내가 대답했다.

"무슨 일인데?"

"그건…… 그림이야. 너에게 줄 그림이지."

루비는 기쁜 듯이 보였다. "그럼 봐도 돼?"

"지금은 안 돼."

루비는 약이 올라 밧줄이 감긴 다리를 콕콕 찔러 댔다. 그러더니 숨을 크게 내쉬고 "아이반, 나 오늘도 맥이랑 공연해야 해?" 하고 물었다.

"그래, 루비. 안됐지만."

•

루비는 물 양동이에 코를 담그고 말했다. "괜찮아. 이미 알고
있었어."

잘못

또다시 밤이 되어 모두 잠이 들었다. 여러 그림 중에서 방금 마친 그림 한 장을 보았다.

지저분하고, 찢기고, 우중충하게 얼버무린 그림이었다.

그 그림을 바닥의 다른 그림들 옆에 줄을 맞춰 놓았다.

색깔이 잘못됐다. 모양이 비뚤어졌다. 아무것도 아닌 것 같다.

이건 내가 그리려던 게 아니야. 내 뜻대로 되지 않았어.

잘못 그렸어. 하지만 왜인지는 모르겠다.

주차장 너머 광고판엔 매력적인 문구가 적혀 있다. **"세상에 단 하나뿐인 실버백 고릴라 아이반의 집, 8번 출구 서커스 쇼 핑몰로 오세요!"**

내가 말하려는 걸 인간 말로 표현할 수 있다면 모든 게 쉬워

•

질 텐데.

그러지 못하니까 나는 그림 물감과 너덜너덜한 도화지를 이용한다.

나는 한숨을 쉬었다. 손가락 끝이 정글에 핀 꽃처럼 은은하게 빛난다.

다시 한 번 해 봐야지.

•

끝없이 빙글빙글

나는 루비가 무대를 벗어나지 못하고 끝없이 빙글빙글 도는 모습을 지켜봤다.

더 많은 손님이 찾아왔지만 그렇다고 엄청 많은 것은 아니었다. 맥은 루비가 게으른 티를 완전히 벗지 못했다고 불평했다. 맥은 우리에게 음식을 주지 않겠다고 했고, 돈을 아끼기 위해 밤에 난방을 꺼 버리겠다고 했다.

내가 보기에 루비는 말라 보였고, 스텔라보다도 훨씬 더 쪼글쪼글해 보였다.

나는 밥에게 물었다. "루비한테 먹을 걸 넉넉하게 준다고 생각해?"

밥이 코를 씰룩거리며 말했다. "몰라. 내가 아는 건 단 하나야. 넌 그림을 넉넉히 그리고도 또 그리고 있다는 것. 악취가 말도 못해. 게다가 오늘 아침엔 내 꼬리에 노란 물감이 묻었다고."

•

밥은 내가 밤에 그림 그리는 걸 좋아하지 않는다. 자연 질서를 거스르는 일이라고 했다.

요즘 내가 예술 작업을 할 때 밥은 안-술래 위에서 잠을 잔다. 밥은 안-술래가 코를 골지 않아서 더 좋다고 했다. 안-술래 배가 오르락내리락하지 않아서 멀미도 안 난다고 했다.

밥이 "도대체 뭘 하려고 하는 거야?" 하더니, 자기 꼬리를 물어뜯으며 말했다. "나한테 이야기해 주면 내가 도와줄 수도 있잖아. 어쩌면 내가…… 그림 말고 다른 의견을 내놓을 수도 있잖아."

나는 밥에게 말했다. "설명을 못 하겠어. 그냥 머릿속에 든 생각인데, 그게 뭔지 확실하지 않아. 어쨌거나 도화지랑 물감이 거의 다 떨어졌어. 미리미리 아꼈어야 했는데." 나는 타이어 그네를 걷어찼다. 파란색 물감이 떨어지며 튀었다. "난 멍청해."

밥이 말했다. "아니야. 냄새는 나도 멍청하지는 않아."

나쁜 녀석들

나는 낮 시간에 거의 꾸벅꾸벅 존다. 오후 늦게 맥이 다가왔다.

밥이 눈에 띄지 않으려고 안-술래 밑으로 들어갔다.

맥은 수조를 바라봤다. 그림 한 장이 삐져나와 있었다. "이 녀석아, 저게 뭐냐?" 맥이 물었다.

나는 들은 척도 하지 않고 조용히 오렌지를 먹었다. 가슴이 쿵쾅거렸다.

맥이 내 플라스틱 수조를 발로 찼다. 수조 밑에는 내 그림들이 전부 있었다.

맥이 도화지 한 장을 집어 올렸다. 도화지는 쉽게 빠져나왔다. 맥은 다른 그림들에는 신경 쓰지 않았다.

맥이 초록색 줄이 그어진 그림을 바라봤다. 초록색 길처럼 보

·

인다. 초록색은 파란색과 노란색을 섞으면 나오는 색이다.

"나쁘지 않군. 근데 물감은 어디서 났지? 조지 딸이 줬나?"

맥은 곰곰 생각하더니 "흠, 30달러는 받겠는걸. 아니, 40달러도 받겠어" 하고 말했다.

맥은 텔레비전을 켰다. 서부 영화가 나왔다. 큰 모자를 쓰고 작은 총을 든 인간이 보였다. 가슴엔 반짝이는 별을 달았다. 그건 그 인간이 보안관이고 나쁜 녀석들을 모조리 없애 버린다는 뜻이다.

맥이 말했다. "이게 제대로 팔리면 그림을 좀 더 그려야겠어, 친구."

맥은 내 그림을 가지고 사라졌다. 루비를 위한 건데. 잠시 동안 보안관 같은 마음이 되었다.

광고

맥이 저 멀리 사라지자 밥이 말을 걸었다. "좋은 뉴스 아니야? 재료를 더 많이 넣어 주겠는데?"

"맥을 위해서가 아니라 루비를 위해서 그리는 거잖아." 내가 대답했다.

"둘을 위해서 그리면 되지. 어차피 넌 예술가잖아." 밥이 말했다.

영화를 보면서 내 그림을 숨길 만한 새 장소를 찾아봤다. 어쩌면 마를 때까지 기다렸다가 접어서 안-술래 밑에다 숨겨 놓을 수도 있을 것 같다.

영화는 아주 길었다. 보안관이 술집을 운영하는 여자와 결혼하면서 영화가 끝났다. 술집은 말들이 아니라 사람들이 와글와글 모여서 물을 마시는 곳이다.

사랑 이야기가 섞인 서부 영화는 정말 오랜만에 본다.

•

"이 영화 좋아." 내가 말했다.

"말만 많이 나오고 개는 거의 안 나오네." 밥이 말했다.

광고 한 편이 나왔다.

나는 광고를 이해하지 못한다. 서부 영화 같지 않아서다. 서부 영화에선 나쁜 녀석이 누군지 금방 알 수 있다. 서부 영화는 낭만적이지 않다. 인간 남자와 여자는 서로 얼굴을 핥기 전에 이를 부지런히 닦는다.

그리고 겨드랑이 냄새 제거제 광고를 봤다. 나는 밥에게 물었다. "겨드랑이에서 냄새가 안 나면 누가 누군지 어떻게 알지?"

"인간은 냄새가 지독히 나는데, 코가 안 좋아서 잘 알아차리지 못해." 밥이 대답했다.

다른 광고가 하나 더 나왔다. 광고 속에서 아이들과 부모가 표를 샀다. 맥이 파는 표와 같은 것이었다. 그 가족은 깔깔대고 웃고, 길을 걸어가면서 아이스크림을 먹었다.

•

그들은 커다랗고 졸린 눈을 한 줄무늬 고양이들이 풀숲에서 졸고 있는 모습을 보려고 멈췄다.

호랑이들이었다. 전에 텔레비전 자연 다큐멘터리에서 본 적이 있다.

화면에 글자들이 번쩍이며 나오다가 이어서 빨간 기린 그림이 나왔다. 기린이 사라지고 인간 가족이 다른 가족을 바라보는 장면이 나왔다. 코끼리 가족이었다. 코끼리들은 바위와 나무와 풀과 어슬렁거릴 수 있는 공간에 둘러싸여 있었다.

이렇게 자연에다 울타리를 친 곳이 바로 동물원이었다. 동물원 관람이 어디에서 시작되고 어디에서 끝나는지 알게 됐다. 울타리 밖엔 인간이 있고, 울타리 안엔 동물이 있다. 그리고 이건 언제까지나 계속될 것이다.

동물원은 전혀 좋은 곳이 아니다. 몇 초 동안 텔레비전 화면으로만 봐도 금세 알 수 있다. 좋은 곳은 울타리가 필요 없다.

내가 살고 싶은 곳이 그런 곳이다.

•

코끼리들을 보다가 작고 외로운 루비를 힐끗 봤다.

광고가 끝나기 전에 바위와 나무와 꼬리와 코 장면을 모두
자세히 기억해 보려 했다.

그게 내가 그리고 싶은 그림이었다.

상상

지금 그리는 그림은 좀 다른 그림이다.

내 앞에 있는 바나나나 사과 같은 것을 보고 그리는 게 아니다. 지금은 내 머릿속에 있는 걸 그리고 있다. 실제로는 없는 것들이다.

적어도, 아직까지는 말이다.

•

안-술래

나는 안-술래 몸속에 든 것을 끄집어냈다. 그리고 조심스럽게 내 그림들을 그 속에다 넣었다. 맥이 팔지 못하도록 하기 위해서다. 안-술래는 밥보다 훨씬 더 크다. 그래도 몇 장 더 말아 넣어야 한다.

밥은 안-술래 위에서 자리를 잡고 낮잠을 자려다가 "넌 안-술래를 죽이는 거야." 하면서 투덜거렸다.

"어쩔 수 없어." 내가 대답했다.

"네 배 위가 그립다. 아주아주…… 넓었는데." 밥이 말했다.

줄리아가 왔다. 줄리아는 내가 물감과 도화지를 벌써 다 쓴 걸 알아챘다. 줄리아는 머리를 흔들면서 "와! 너 진짜 예술가가 되었구나, 아이반." 하고 말했다.

•

한 가지 더

내 손가락 그림은 액자에 끼워서 40달러에 팔았다. 맥은 행복해했다. 맥은 나에게 도화지 뭉치와 물감을 양동이째로 가져다줬다

맥이 말했다. "이제 가서 일해야지."

나는 낮에는 맥에게 줄 그림을 그리고, 밤에는 루비에게 줄 그림을 그리게 됐다.

잠은 시간이 날 때 잔다.

그런데 밤에 그리는 그림은 마음에 들지 않는다. 확실히 그림이 너무 크다. 내 우리 바닥에다 한 장씩 나란히 놓다 보면 거의 꽉 찬다.

그리고 여전히 뭔가가 빠져 있다.

밥은 내가 미쳤다고 했다. 밥은 자기 코로 루비를 가리키면서

•

"루비, 동물원, 다른 코끼리들. 도대체 뭐가 문제야?" 하고 말했다.

"한 가지가 더 필요해." 내가 대답했다.

밥이 투덜거렸다. "넌 점점 기분파 예술가가 되어 가고 있어. 빠뜨린 게 뭐가 있겠어?"

나는 온갖 색깔과 모양으로 가득 찬 넓은 땅을 떠올렸다. 밥에겐 설명하기 힘들었다. 밥은 그곳에 가 본 적이 없으니까.

•

마침내 내가 말했다. "지금은 기다려야 해. 뭔가가 찾아올 거야. 그럼 내 그림은 준비가 다 된 거야."

7시 공연

마지막 공연을 할 때 루비는 지쳐 보였다. 루비가 발을 헛디디자 맥이 발톱 달린 회초리를 들었다.

나는 루비가 코로 맥을 때릴까 봐 긴장했다.

루비는 움찔하지도 않고 느릿느릿 속도를 유지했다. 잠시 후 스니커스가 루비 등에 올라탔다.

열둘

나는 우리에 누워 있었다. 내 배 위엔 밥이 누워 있었다. 밥과 나는 줄리아가 숙제하는 모습을 지켜봤다.

줄리아는 별로 재밌어하는 것 같지 않았다. 평소보다 한숨을 더 많이 쉬었다.

백 번을, 아니, 천 번이었나? 내 그림에서 빠진 게 도대체 뭔지 생각하고 또 생각했다.

또다시 백 번을, 아니, 천 번이었나? 도대체 뭐가 문제인지 알 수 없었다.

조지가 빗자루를 들고 지나가자 줄리아가 물었다. "아빠, 질문 하나 받을래요?"

아빠가 줄리아 말을 고치며 대답했다. "'해도 돼요?'라고 말해야지. 뭔데 그러니?"

•

줄리아가 도화지 조각을 쳐다보며 말했다. "원리랑 권리의 차이를 도무지 모르겠어요."

아빠가 웃으며 대답했다. "원리는 무언가가 제대로 작동하기 위한 규칙 같은 거야. 권리는…… 뭔가를 자유로이 할 수 있는 자격이지."

줄리아가 따분해하며 말했다. "난 커서 예술가가 되려고 하는데 그런 맞춤법 차이를 알아서 뭐해요?"

조지는 큰 소리로 웃으며 고개를 절레절레 흔들었다.

줄리아는 불쌍하다. 고릴라들은 맞춤법 따윈 몰라도 잘 지내는데. 책과 잡지와 광고판과 사탕 껍질을 가득 채운 길고 동그랗고 왔다 갔다 구부러진 글자들 따위란.

말.

인간은 자기들 말을 너무 사랑한다.

나는 벌떡 일어났다. 밥이 휙 튕겨 나가 수조에 첨벙 빠졌다.

•

말.

밥이 소리 질렀다. "발바닥이 다 젖는 기분이 어떤 건지 알기나 해?"

밥은 물 밖으로 기어 나와 진저리를 치며 물기를 털어 냈다. 창문 너머 광고판을 쳐다봤다. 아직도 맥의 목소리가 생생하게 들린다. **"세상에 단 하나뿐인 실버백 고릴라 아이반의 집, 8번 출구 서커스 쇼핑몰로 오세요!"**

나는 열둘까지 꼼꼼이 셌다. 그리고 확실해질 때까지 또 셌다.

●

ㅂ

나는 도화지 열여섯 장을 붙여 늘어놨다. 가로로 넷, 세로로 넷.

정사각형이다.

밥이 물었다. "뭐 하려고 그래? 이렇게 늘어놓으면 잠을 잘 수가 없겠는데?"

"광고판하고 관계 있는 거야."

"흉물스러워 보여. 나는 거기 나오지도 않잖아."

나는 빨간 물감이 든 양동이를 들고서 말했다. "넌 공연에 참가하지 않으니까 광고판에 안 나오는 거야."

밥은 코를 훌쩍거리면서 말했다. "난 여기 살지도 않으니까. 나는 내가 원해서 떠돌이가 됐지."

•

"나도 알아. 그냥 그렇다는 말이야."

나는 광고판을 뜯어봤다. 그리고 나서 빗자루같이 두꺼운 선 두 개를 그렸다. 그리고 둘 사이에 두꺼운 선을 두 개 그려 넣었다.

나는 뒤로 물러서며 밥에게 물었다. "뭐 같아 보여?"

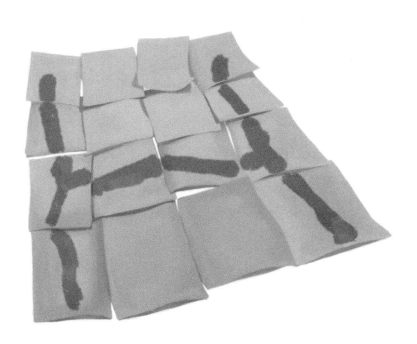

•

"이게 뭔데? 음, 가만있자, 사다리 아니야?"

"사다리는 아니야. 글자야. 인간이 쓰는 것처럼 보이지 않아? 앞으로 두 개 더 만들어야 해."

밥은 안-술래 옆 구석에 드러누우면서 "왜?" 하고 묻더니 길게 하품을 했다.

나는 물감에 손가락을 담그며 말했다. "말을 만들려고 해. 아주 중요한 말이야."

"무슨 말?"

"집."

밥은 눈을 감았다. 그리고 조용히 말했다. "그건 그렇게 중요하지 않아."

조바심

나는 온종일 너클 보행으로 우리 주위를 둥글게 둥글게 돌았다.

나는 잠을 잘 수 없을 정도로 초조해졌다. 심지어 아무것도 먹을 수 없었다.

음, 아니, 아무것도까진 아니고, 어쨌든 입에 잘 들어가지 않았다.

나는 줄리아에게 내가 만든 걸 보여줄 준비가 됐다.

꼭 줄리아여야만 한다. 줄리아는 예술가다. 줄리아는 분명히 내 그림을 진실된 마음으로 볼 것이다. 줄리아라면 얼룩 자국이나 찢어진 곳은 관심 없겠지. 그리고 그림들이 딱 맞아떨어지지 않아도 신경 쓰지 않을 거야. 전체적인 모양을 먼저 보겠지.

틀림없이 줄리아는 내가 상상하는 걸 볼 것이다.

•

4시 공연 때 시무룩한 표정으로 터덜터덜 걷는 루비를 보자 나는 자꾸 조바심이 났다. 만약에 내 시도가 실패하면 어떡하지? 만약에 줄리아가 이해하지 못하면 어떡하지?

물론 어떻게 될지는 알고 있다. 아무 일도 안 일어난다. 아무 일도.

루비는 분명히 95번 고속도로에 붙어 있는 8번 출구 서커스 쇼핑몰에서 주인공으로 남을 것이다. 일 년 삼백육십오 일 내내 해가 바뀌고 또 바뀌도록 2시, 4시, 7시 공연을 하면서 말이다.

•

줄리아한테 보여 주기

내 일을 할 시간이 됐다.

쇼핑몰은 고요했다. 마코앵무새 델마만이 "야~호~" 하며 새로운 말을 연습하고 있을 뿐이었다.

줄리아는 숙제를 마쳐 가고 있었다. 조지는 멀리서 청소하는 중이었다. 맥은 잠자러 집으로 갔다.

나는 안-술래 속을 들추고 접어 놓은 도화지들을 조심스레 꺼냈다. 그동안 그린 그림이 정말 많았다. 엄청나게 많이 차곡차곡 쌓여 있는 내 퍼즐 더미.

나는 유리벽을 마구 두드렸다. 줄리아가 고개를 돌려 쳐다봤다.

손을 떨면서 그림 한 장을 들어 올렸다. 갈색과 초록색 그림인데 가장자리 조각이었다.

줄리아가 미소 지었다.

•

나는 다른 그림을 보여 줬다. 그리고 그다음 그림, 또 다른 그림…… 조각 그림들을 차례로 모두 보여 줬다.

줄리아는 아주 당황한 얼굴로 "근데…… 그게 뭐야?" 하고 묻다가 어깨를 으쓱하고는 "아무렴 어때. 그냥 다 예쁘다." 하고 말했다.

델마가 "야~호~" 하고 소리쳤다.

아니야. 아니라고.

이건 아주 중요한 거라고.

더 많이 더 많이

조지가 일을 다 마치고 줄리아를 불렀다. "줄리아, 어서 가방 메. 너무 늦었다. 서두르자."

"나 간다, 아이반." 줄리아가 말했다.

줄리아는 이해하지 못했다.

나는 적절한 그림을 고르려 했다. 도화지 더미를 파헤쳤다. 어딘가에 있을 텐데. 어떤 그림인지는 알고 있었다.

한 장 찾고, 다시 한 장, 또 한 장을 찾아냈다. 나는 네 장 모두 유리벽에 붙이려 했다.

"밥, 어서, 나 좀 도와줘!" 나는 소리쳤다.

밥은 입으로 그림을 물고 내 쪽으로 끌어왔다.

나는 그림을 하나씩 유리벽 구멍으로 내보냈다. 그림들은 구

•

겨지고 찢어졌다.

그림 조각이 너무 많았다. 내 퍼즐 그림은 너무 컸다.

줄리아가 "조심해, 아이반. 이 그림들은 언젠간 몇 십억 값어
치를 할 거야. 넌 절대 모르겠지만. 맥이 선물 가게에서 팔려
고 할 거야." 하면서 그림들을 차곡차곡 정리했다.

줄리아는 아직도 이해하지 못했다.

나는 구멍으로 더 많이 더 많이 더 많이, 하나씩 하나씩, 그림
모두를 내보냈다.

조지가 코트를 입으며 말했다. "아이반이 그렸나 보네?"

줄리아가 웃으며 대답했다. "네. 정말 많아요. 너무 많아요."

"이걸 모두 집에 가져갈 건 아니지? 아이반을 무시하는 건 아
니지만, 이것들은 그냥 종이에 물감을 묻혀 놓은 정도잖아."

줄리아는 도화지 더미를 넘겨 보며 "아이반은 그냥 물감을

•

묻힌 게 아니에요." 하고 말했다.

조지가 말했다. "자, 이제 나가자꾸나. 맥이 저 그림들을 팔 거다. 사람들이 왜 저런 손가락 그림을 40달러나 주고 사는지 모르겠어. 두 살배기 아기가 그린 거랑 다를 게 없는데."

줄리아가 말했다. "난 아이반 그림을 좋아해요. 자기 마음을 그림 속에 담는다고요."

조지가 대꾸했다. "자기 털을 그림에다 붙이는 거겠지."

줄리아가 손을 흔들며 인사했다. "잘 자, 아이반. 안녕, 밥."

나는 유리벽에다 코를 대고 줄리아가 가 버리는 모습을 지켜봤다. 내 모든 작업, 내 모든 그림은 쓰레기가 됐다.

나는 조용히 자고 있는 루비를 바라봤다. 갑자기 루비가 쇼핑몰을 떠나지 못할 거라는 생각이 들었다. 스텔라처럼 죽을 때까지 영원히 여기에 있을 것이다.

루비를 세상에 단 하나뿐인 또 다른 존재로 둘 수는 없다.

•

가슴 두드리기

가끔가다 나를 보러 온 손님들이 주먹으로 연약한 자기 가슴을 두드리곤 한다. 내 흉내를 낸다고 그러는 것이다.

손님들이 가슴을 두드리며 내는 소리는 나비가 젖은 날개를 퍼덕이는 것처럼 약하다.

몹시 화가 난 고릴라가 가슴을 두드리는 소리는 절대로 다시는 듣고 싶지 않을 정도로 크다. 귀마개를 한다 해도 소용없다.

심지어 몇 킬로미터 떨어져서 귀마개를 하고 있어도 소용없다.

진짜 가슴 두드리는 소리는 정글 전체에 울려 퍼진다. 마치 하늘이 무너진 것 같고, 바로 옆에서 총소리가 나는 것 같다.

•

화

쿵쾅쾅쾅. 쿵쾅쾅쾅.

소리, 내가 내는 소리가 쇼핑몰 전체에 울려 퍼졌다.

조지와 줄리아가 깜짝 놀라 돌아봤다.

줄리아는 가방을 떨어뜨렸고, 조지는 열쇠를 떨어뜨렸다. 그림 더미가 바람에 날려 흩어졌다.

쿵쾅쾅쾅. 쿵쾅쾅쾅. 쿵쾅쾅쾅.

나는 벽을 쿵쿵 치고, 꽥꽥거리고, 고함을 쳤다. 그리고 가슴을 치고, 치고, 또 쳤다.

밥이 앞발로 두 귀를 감싸며 안-술래 밑으로 숨어들었다.

마침내 나는 화가 났다.

•

보호해야 할 누군가가 있기 때문이다.

•

퍼즐 조각

한참 후에 나는 조용해졌다. 자리에 앉았다. 화를 내는 일은
힘들다.

줄리아는 믿을 수 없다는 듯이 눈을 크게 뜨고 나를 쳐다봤다.

가슴이 두근두근 뛰었다. 잠시 제정신이 아니었다.

"아니, 이게 뭔 일이야?" 조지가 물었다.

"뭔가 잘못됐어요. 아이반이 저러는 거 처음 봐요." 줄리아가
대답했다.

"이제 좀 조용해지는 것 같구나. 하느님 감사합니다!" 조지가
말했다.

"아니에요. 아직 화가 나 있어요. 눈을 보세요." 줄리아가 고
개를 저으며 말했다.

•

내 그림들은 가을날 낙엽처럼 온 바닥에 흩뿌려져 있었다.

조지가 한숨을 쉬며 말했다. "이게 다 뭐람. 오늘 밤은 다 잤구나."

"아이반은 괜찮은 거 같아요?" 줄리아가 물었다.

"아마도 울화통이 터졌나 보구나." 조지가 의자 밑에 있는 적 갈색 도화지를 집으며 말했다.

"저 녀석을 뭐라 할 순 없겠구나. 저 작은 우리에 일 년 내내 갇혀 있으니 말이야."

줄리아는 뭐라고 말하려다 말고 그대로 얼어붙었다. 그리고 머리를 갸우뚱거렸다.

줄리아는 자기 발아래 어지럽게 흩어져 있는 내 그림들을 물 끄러미 바라봤다.

"아빠, 이리로 와 보세요." 줄리아가 속삭였다.

•

"그래그래, 렘브란트 같은 거장이 또 나신 거겠지. 이리 와서 그림 좀 모아 다오. 아빠 지쳤단다." 조지가 말했다.

"아빠, 진짜 중요한 거예요. 이것 좀 보세요."

조지가 줄리아가 가리킨 곳을 쳐다봤다. "그래그래. 쿡쿡 찍고, 죽죽 그리고, 빙글빙글 돌린 물감 자국들이잖아. 자, 빨리 끝내고 집에 가야지?"

줄리아는 무릎을 꿇고 그림들을 펴면서 말했다. "아빠, 이건 ㅂ 자예요. 자음 ㅂ요. 이것 보세요." 그리고 더 많은 그림을 모으며 말했다. "이거랑 이거랑 붙이면, 잘 모르겠네. 이렇게 붙이면 ㅈ이 돼요!"

조지는 눈을 비볐다. 나는 숨을 멈췄다.

줄리아는 팔짝팔짝 뛰었다. 그림 한 장을 들더니 다른 한 장이랑 붙였다. "퍼즐이에요, 아빠! 엄청나요. 분명 무슨 말일 거예요. 대단하지 않아요? 엄청난 그림이에요!"

"줄리아, 말도 안 되는 소리 하지 마라." 조지가 말했다. 하지만 조지도 바닥을 뚫어지게 쳐다보고 있었다. 그는 머리를 긁어 가며 그림 조각들을 맞춰 봤다.

"ㅂ이 있고, ㅈ도 있고, ㅣ도 있어요." 줄리아가 말했다.

"'빚' 말이니?"

"ㅂ, ㅈ, ㅣ에다가…… ㅇ, 아니, 이건 꼭 눈동자 같아요." 줄리아가 아랫입술을 깨물며 말했다.

•

"ㅂ, ㅈ, ㅣ, ㅇ이라……" 조지가 손가락으로 허공에다 글자를 그려 보며 말했다.

"이건 확실히 자음 ㅇ이 아니에요. 눈동자예요. 그리고 이건 다리예요. 아니면 나무 같아요. 그리고 이건 코예요. 아빠, 맞아요, 이건 분명 코예요."

줄리아가 유리벽 쪽으로 고개를 돌리며 "아이반, 뭘 그린 거니?" 하고 속삭였다.

나는 가만히 쳐다만 보고 있었다. 그리고 팔짱을 꼈다.

내가 생각했던 것보다 시간이 훨씬 더 많이 걸리고 있다.

쳇, 인간이란.

저래서 가끔씩은 침팬지들이 더 영리해 보인다니까.

•

마침내

줄리아와 조지는 무대 위로 그림들을 가져갔다. 전부 늘어놓고 볼 자리가 없어서였다.

한 시간가량 둘은 내 퍼즐을 맞추려고 노력했다. 잠이 막 깬 루비와 밥과 내가 그 모습을 지켜보았다.

"아이반, 저게 날 그린 그림이야?" 루비가 물었다.

나는 자랑스럽게 "그래." 하고 대답했다.

"어디를 배경으로 그린 거야?"

"동물원이지, 루비. 담과 풀밭과 인간이 널 바라보고 있는 게 안 보여?"

루비가 눈을 가늘게 뜨더니 "그럼 다른 코끼리들은 어딨어?" 하고 물었다.

•

"아직 아무도 안 왔어."

루비가 고개를 끄덕이며 "정말 좋은 동물원이네." 하고 말했다.

밥이 나한테 코를 비비며 말했다. "그래 맞아."

무대에서 줄리아가 주먹을 쳐들며 외쳤다. "완성했다! 거봐요, 아빠. ㅈ, ㅣ, ㅂ. '집'이에요."

조지는 물끄러미 글자들을 바라봤다. 이윽고 몸을 돌려 나를 쳐다봤다. "어쩜 우연의 일치일지도 모른단다, 얘야. 침팬지가 타자기로 제대로 된 문장을 치는 것처럼 1조 분의 1로 어쩌다 만들어진 글자일 거야. 침팬지에게 시간을 많이 줘 보렴. 혹시 아니? 소설을 한 편 써 낼지."

나는 투덜거리는 소리를 냈다. 침팬지가 책은 그렇다 치고 글자 하나 제대로 쓸 수 있을까?

"그럼 나머지 그림들은 뭘까요? 동물원에 있는 루비 같지 않아요?" 줄리아가 물었다.

•

"넌 동물원이란 걸 어떻게 알아봤니?" 조지가 되물었다.

"문 위에 동그라미가 보이죠? 그건 빨간 기린이에요."

조지는 눈을 가늘게 뜨고 고개를 갸웃거렸다. "기린이라고? 뛰어오르는 고양이 같은걸?"

"이건 동물원 로고예요. 어디에나 다 이런 표시가 있잖아요. 그래서예요."

조지는 못 당해 내겠다는 듯이 웃음을 지었다. "글쎄다. 받아들이기 힘든걸. 논리적으로 설명이 되질 않잖니."

줄리아가 루비 귀의 마지막 조각 그림을 끼워 맞추며 말했다. "이게 얼마나 큰지 보세요. 정말 크잖아요."

조지가 고개를 끄덕이며 "그래, 정말 크구나." 하고 말했다.

줄리아는 나를 바라봤다. 손톱을 물어뜯고 있었다. 나는 궁금증이 가득한 줄리아의 눈을 쳐다봤다.

•

줄리아는 몸을 돌려 그림들을 바라보기 시작했다. 진지하게. 아주 진지하게.

줄리아는 천천히 미소를 짓기 시작했다.

줄리아는 "아빠, 이게 뭔지 알았어요! 알았다고요!" 하며 내 그림 주위를 뛰어다니다 두 팔을 크게 벌리고 말했다. "이건 광고예요! 커다란 광고예요!"

"무슨 말인지 모르겠구나."

"이걸 광고판에 붙이려는 거예요. 아이반은 그걸 원해요."

조지가 가슴팍에 팔짱을 끼고서 천천히 말했다. "아이반이 그걸 원한다…… 그리고 넌 그걸 알고. 왜냐면…… 그래, 아이반이랑 둘이 얘기라도 했다는 거니?"

"저도 그림을 그리고 아이반도 그림을 그리기 때문에 아는 거예요."

"아하!" 조지가 감탄했다.

•

줄리아가 두 손을 모아 깍지 끼며 "진짜예요, 아빠. 진짜라고 요!"하고 애가 탄 목소리로 말했다.

조지는 고개를 저었다. "아니야. 그렇지 않아. 광고가 아니야. 그럴 리가 없지."

"아빠, 풀을 갖다 주세요. 저는 사다리를 가져올게요. 아직 밖은 어둡지만 저 광고판은 밝잖아요."

"그랬다간 맥이 날 해고할 거다."

줄리아가 곰곰 생각했다. "하지만 다른 사람들을 생각해 보세요. 모두 루비에 대해 알려고 하잖아요!"

조지가 내 그림을 가리키며 말했다. "그러니까 저 커다랗게 쓰인 '집'이라는 글자는 동물원을 뜻하고, 루비는 거기에서 살아야 한다는 것이고, 우리는 이 그림을 밖에다 걸어야 한다는 거니? 그리고 이게 다 저 고릴라가 하려는 말인 거고?"

"맞아요!"

•

"그리고 우리는 맥의 허락도 없이 이 일을 해야 하고?"

"네."

"아니, 안 된다."

줄리아는 내 그림을 밟지 않으려고 조심조심 발을 옮겼다. 무대 구석으로 가서 맥의 발톱 달린 회초리를 집어 들더니 조지에게 와서 건넸다.

조지가 날카로운 부분을 손가락으로 집어 들었다.

"아빠, 루비는 아기예요. 우리는 루비를 도와야 해요."

"하지만 이 그림이 어떻게 도울 수 있다는 거니? 설령 많은 사람들이 아이반의 그림을 본다 하더라도 뭔가를 바꿀 수 있을 거 같진 않구나."

줄리아가 고개를 저으며 말했다. "저도 아직은 모르겠어요. 아마도 사람들이 그림을 보면 루비가 진짜로 살아야 할 곳이 어딘지를 깨닫지 않을까요? 그러면 루비를 도와줄 수 있을

•

거예요."

조지는 한숨을 쉬며 루비를 바라봤다. 루비는 코를 흔들었다.

"아빠, 이건 루비의 원리라고요, 아빠!"

"권리 같은데?" 조지가 고쳐 줬다.

줄리아가 부드럽게 말했다. "아빠, 만약에 루비가 스텔라처럼 죽으면 어떡해요?"

조지는 나를 쳐다보고, 루비를 쳐다보고, 줄리아를 쳐다봤다.

조지는 발톱 달린 회초리를 떨어뜨렸다.

"사다리는 창고에 있단다." 조지가 재빨리 말했다.

다음 날 아침

맥의 자동차가 주차장에서 끼이익 소리를 내며 멈췄다.

차에서 뛰쳐나온 맥이 광고판을 노려봤다. 턱이 떡 벌어졌다.
맥은 한참이나 움직이지 않았다.

●

화난 인간

고릴라가 화나면 아주 소란스럽다. 근데 인간도 화나면 엄청 소란스럽다.

맥은 의자를 집어 던지고, 탁자를 뒤집고, 솜사탕 기계를 부숴 버렸다.

•

신문 기자

맥이 식당가 쓰레기통을 걷어차고 있을 때 전화가 울렸다.

맥은 얼굴이 시뻘게지고 땀을 뻘뻘 흘리면서 전화를 받았다.

"뭐요……?" 맥이 물었다.

그러곤 나를 쳐다봤다.

맥은 "무슨 말씀인지 모르겠군요……." 하더니 듣지도 않고 말하기 시작했다.

"누구요? 줄리아? 아, 그래요. 조지 딸이지. 줄리아가 당신에게 전화했다고요?"

얘기가 더 오고 갔다. 맥은 귀에 전화기를 댄 채 내 우리 쪽으로 다가왔다. 눈은 의심으로 가득 차 있었다.

맥이 말했다. "네, 네, 그럼요, 그림 그릴 줄 알죠. 아이반이

•

그린 그림을 전부터 팔고 있죠."

그리고 맥은 오랫동안 듣고만 있더니 이렇게 말했다. "그럼요, 당연하죠. 내가 그러라고 했지요."

맥은 고개를 끄덕였다. 그러곤 입술 양 끝이 올라가며 미소가 퍼져 나갔다.

"사진요? 문제없습니다. 그림 그리는 모습을 보고 싶다고요? 이리로 와서 보세요. 우리는 일 년 삼백육십오 일 문을 엽니다. 찾기도 쉬워요. 95번 고속도로 바로 옆이에요."

맥은 찌그러진 쓰레기통을 집어 들었다. "네. 제 생각엔 아이반이 그림을 더 그려 붙일 것 같은데요. 제 말은 그게, 아직 작업 중이란 말이죠."

전화를 끊고 맥은 고개를 절레절레 저으며 "이건 불가능해." 하고 말했다.

한 시간 뒤 카메라를 든 남자 인간이 내 사진을 찍었다. 그 남자는 줄리아가 전화해서 온 지역 신문 기자였다.

•

236

"나랑 코끼리랑 사진을 찍으면 어때요?" 맥이 제안했다. 맥은 루비의 뒷목에 팔을 걸치고서 씩 웃었다. 찰칵. 카메라 소리가 났다.

"멋지네요." 신문 기자가 말했다.

"그렇죠?" 맥이 말했다.

다시 스타가 되다

광고판 사진이 신문에 나왔다. 맥은 내 유리벽에다 신문 기사를 붙였다.

날마다 더 많은 인간이 호기심을 품고 찾아왔다. 그들은 광고판 앞에다 차를 세웠다. 광고판을 보며 고개를 저었다. 사진도 찍었다.

그러고 나서 쇼핑몰 선물 가게에 들어가 내 그림을 샀다.

손님들이 와서 보는 동안 나는 새 물감 양동이에 손을 담갔다. 선물 가게에서 팔 그림과 광고판에 덧붙일 그림을 그렸다. 새들이 앉아 있는 나무를 그렸다. 갓 태어난 아기 코끼리가 검은 눈을 반짝이는 모습도 그리고, 다람쥐와 파랑새와 여러 가지 곤충도 그렸다.

심지어 밥도 그려서 광고판에 붙일 수 있게 됐다. 밥은 내가 잘생긴 자기 코를 잘못 그렸다고 불평했지만, 어쨌거나 그 그림을 좋아했다.

•

맥과 조지는 오후마다 광고판에 내 새 그림을 붙였다. 맥과 조지가 그림을 붙일 때면 차들이 천천히 지나갔고, 운전자들은 경적을 울리고 손을 흔들었다.

선물 가게에서 파는 내 그림은 이제 액자까지 해서 65달러가 됐다.

•

고릴라 예술가

새 이름이 생겼다. 인간은 나를 '고릴라 예술가'라고 부른다. '고릴라 피카소'란다.

아침부터 밤 늦게까지 나랑 루비를 보러 손님들이 찾아왔다.

하지만 달라진 것은 아무것도 없다. 루비는 날마다 2시, 4시, 7시에 톱밥 위를 걷고, 스니커스는 루비 등으로 뛰어오른다.

밤마다 루비는 악몽을 꾼다.

루비에게 이야기를 들려줘서 재우고는 밤에게 말했다. "밤, 아무래도 내 생각이 잘 맞아떨어진 것 같지가 않아."

밤이 한쪽 눈을 뜨면서 말했다. "좀 기다려 봐."

"기다리는 거 이젠 지쳤어." 내가 대답했다.

•

인터뷰

저녁이 되자 남자 인간과 여자 인간이 맥, 조지, 줄리아를 인터뷰하러 왔다.

남자는 어깨에 엄청 크고 무거운 카메라를 메고 있었다. 그는 내가 그림 그리는 모습을 찍었다. 루비의 우리도 찍었다. 루비의 발은 바닥 걸쇠에 달린 밧줄에 묶여 있었다.

그 남자가 물었다. "여기저기 좀 둘러봐도 될까요?"

맥이 손을 흔들며 대답했다. "얼마든지요."

맥이 여자와 이야기하는 동안 남자는 쇼핑몰 전체를 돌아다녔다. 오른쪽, 왼쪽, 위, 아래 모든 곳을 카메라에 담았다.

발톱 달린 회초리가 눈에 들어오자 남자는 발길을 멈췄다. 카메라로 날 선 부분을 찍었다. 그러고 나서 다시 걸어갔다.

•

5시 뉴스

맥이 텔레비전을 켰다.

우리 모습이 5시 뉴스에 나왔다.

밥은 너무 우쭐해하지 말라고 했다.

우리 모두가 나왔다. 맥, 루비, 나, 조지, 줄리아, 광고판, 쇼핑몰, 무대 모두.

그리고 발톱 달린 회초리도 나왔다.

팻말

아침에 인간 몇 명이 주차장에 모였다. 무슨 표시를 한 팻말을 들고 있었다.

팻말에는 글자와 그림이 새겨져 있었다. 어떤 팻말에는 고릴라가 아기 코끼리를 안고 있는 모습이 그려져 있었다.

저 글자들을 읽을 수 있었으면 좋을 텐데.

시위

오늘은 더 많은 인간이 팻말을 들고 왔다. 모두 루비를 풀어 달라고 외쳤다. 몇몇은 아예 맥이 쇼핑몰을 닫기를 원했다.

저녁에 조지와 맥이 얘기를 나눴다. 맥은 사람들이 엉뚱한 사람에게 항의하고 있다고 불평했다. 그들이 모든 걸 망치려 들고 있다며 조지한테 참 잘한 일이라고 투덜댔다.

맥은 발을 쿵쿵 구르며 떠들다 갔고, 조지는 그저 대걸레를 들고서 맥이 가는 모습을 지켜봤다. 조지는 얼굴을 북북 문질렀다. 아주 걱정스러운 얼굴이었다.

줄리아가 숙제를 하다 얼굴을 들고 말했다. "아빠, 내가 가장 좋아하는 팻말 속 말이 뭔지 아세요?"

"흐음, 뭐니?"

"'코끼리도 사람이다.'예요."

조지는 줄리아에게 피곤한 듯한 미소를 보냈다.

조지는 다시 일하러 갔다. 조지는 빈 식당가에서 바쁘게 걸레질을 했다. 대걸레는 마치 거대한 붓처럼 보였다. 조지는 아무도 보지 못할 그림을 그리고 있었다.

•

조사관

어느 키 큰 남자 인간이 종이판과 연필을 들고 찾아왔다. 그 남자 말로는 건물을 조사하러 왔다고 했다.

남자는 말을 많이 하진 않았지만, 종이에다 이것저것 많이 표시했다.

남자는 내 우리 바닥을 보고 표시하고, 루비의 건초 더미를 살펴보고 표시했다. 그러고는 물그릇을 보고 다시 표시했다.

맥은 얼굴을 찡그리며 그 남자를 쳐다봤다.

밥은 바깥 쓰레기통 뒤에 숨어 있었다. 밥은 그 남자 눈에 띄는 걸 바라지 않았다.

•

루비를 풀어 줘

날이 갈수록 시위하는 인간이 더 많이 모여들었다. 카메라 불빛도 더 많이 번쩍거렸다. 가끔씩 인간은 팻말에 적힌 말을 따라 "루비를 풀어 줘! 루비를 풀어 줘!" 하고 소리 질렀다.

"아이반, 왜 저 인간들이 내 이름을 불러 대지? 나한테 화난 걸까?" 루비가 물었다.

"화가 나긴 했어. 하지만 너한테 화내는 건 아니야." 내가 대답했다.

한 주가 지나고 나서 조사관이 한 여자 인간을 데리고 다시 나타났다. 여자는 흰색 코트를 입고 있었고 로벨리아 꽃 향기가 났다. 눈동자는 우리 엄마처럼 초롱초롱한 검은 빛을 띠었다. 굵은 머리카락은 달콤한 개미로 가득 찬 썩은 나뭇가지처럼 갈색빛이 났다.

그 여자는 오래도록 나를 쳐다봤다. 그러곤 루비를 쳐다봤다.

•

남자와 여자는 얘기를 나눴다. 여자가 맥에게 말을 걸었다.
남자는 맥에게 종이 한 장을 건넸다.

맥은 얼굴을 감쌌다.

맥은 사무실로 들어가서 문을 쾅 하고 닫았다.

●

새 상자

뭔가 이상한 일이 일어나고 있었다. 흰색 코트를 입은 여자가 다른 인간과 함께 돌아왔다.

무대 한가운데에 커다란 새 상자가 놓였다.

루비 몸집에 딱 맞았다.

문득 나는 저 여자가 왜 여기에 왔는지 깨달았다. 바로 루비를 멀리 데려가려고 온 것이다.

훈련

여자 인간은 루비를 상자 앞으로 데려갔다. 그러곤 상자 안에 사과를 놓아 두고 친절한 목소리로 "자, 착하지. 루비야, 걱정하지 마." 하고 달랬다.

루비는 코로 상자 안을 훑어봤다. 그 여자는 단추가 달린 쇳조각을 손에 쥐고 딸깍 소리를 냈다. 그리고 루비에게 당근하나를 줬다.

루비가 상자를 건드릴 때마다 여자는 딸깍 소리를 내고 당근을 줬다.

나는 밥에게 물었다. "왜 저 여자가 딸깍 소리를 내지?"

밥은 정 떨어진다는 표정을 지으며 말했다. "개한텐 언제나저런 짓을 하지. 딸깍이 훈련이라고 하는 건데, 루비는 저 딸깍 소리를 들을 때마다 먹을 걸 떠올릴 거야. 그러고 나선 루비한테 뭔가를 시키고 싶을 때마다 저 소리를 낼 거야."

•

여자 인간이 말했다. "정말 잘했어, 루비. 넌 참 빨리 배우는 구나."

여러 번 딸깍 소리를 내고 당근을 주고 나서 여자는 루비를 다시 우리로 데려왔다.

루비가 나에게 물었다. "왜 저 아줌마는 내가 상자를 만질 때마다 당근을 주는 거야?"

"네가 안으로 들어가길 원해서일 거야." 내가 설명해 줬다.

"안에는 사과 빼곤 아무것도 없는데." 루비가 말했다.

"상자에 들어가면 여기서 나가게 될 거야." 내가 말했다.

"무슨 말인지 모르겠어." 루비가 머리를 흔들며 말했다.

"상자 위에 빨간 기린 그림 보이지? 아마도 저 아줌마는 동물원에서 왔을 거야. 널 동물원으로 데려가려고 말이야."

나는 루비가 기뻐서 뿌우 하고 소리 지를 줄 알았다. 하지만

•

루비는 그저 상자를 가만히 쳐다보고만 있었다.

내가 다시 말했다. "알아들었을지 모르겠다. 저 상자는 다른 코끼리들이 있는 곳으로 널 데려가려고 가져온 거야. 거긴 여기보다 엄청 넓고, 인간들이 널 잘 돌봐 주는 곳이지."

그런데 이 말을 하고 나니 몸이 부들부들 떨렸다. 내가 마지막으로 들어 있던 상자가 기억났다.

루비가 대답했다. "난 동물원 가고 싶지 않아. 난 아이반이랑 밥이랑 줄리아랑 같이 살고 싶어. 여기가 내 집이잖아."

"아니야, 루비. 여긴 감옥이야."

•

콕콕 찌르기

그 여자가 다시 왔다. 이번엔 수의사와 함께 왔는데, 수의사는 아주 수상쩍고 위험한 냄새를 잔뜩 풍기는 가방을 들고 있었다.

의사는 한 시간 동안이나 루비를 여기저기 콕콕 찔러 보고 눈과 다리와 코를 한참 동안 살펴봤다.

루비를 다 살펴보고 나서 이번엔 내 우리로 들어왔다. 정말이지 밥처럼 안-술래 밑으로 숨고 싶었다.

의사가 들어오고 나서 조금 후에 나는 아주 깔끔하고 큼직한 소리로 가슴을 두드렸다.

"이놈은 복종부터 시켜야겠는걸." 의사가 말했다.

나는 의사가 무슨 말을 하는지 이해하지 못했다. 하지만 어쨌거나 나는 의기양양한 자세로 우리 안을 거들먹거리며 돌아다녔다.

•

그림 중단

아무도 내게 그림을 그리라고 하지 않았다. 아무도 루비에게
무대에 올라 공연하라고 하지 않았다.

공연은 없었다. 손님도 없었다. 단지 시위하는 인간들뿐이
었다.

맥은 종일 사무실에 머물렀다.

커다란 상자

아침 늦게까지 늘어지게 자고 일어나니 밥이 내 배 위에 누워 있었다. 하지만 잠을 자고 있진 않았다. 밥은 무대 위를 지켜보고 있었다. 남자 인간 넷이 커다란 금속 상자를 갖다 놓고 있었다.

내 몸집에 맞는 것이었다.

나는 잠이 덜 깨 몽롱한 목소리로 "저게 뭔데?" 하고 물었다.

"너 주려고 가져온 것 같은데, 친구." 밥이 코를 내 턱에 비비며 말했다.

"나?" 밥이 무슨 말을 하는지 이해가 안 됐다.

밥은 자기 발을 핥으며 무심코 말했다. "네가 자고 있는 동안 저 아저씨들이 상자들을 가져왔어. 너희 전부를 데려가려는 거 같아. 델마까지도 말이야."

•

"데려가? 어디로?"

"글쎄, 동물원 아닐까? 아니면 새로운 주인을 만날 때까지 보살펴 주는 동물 보호소 같은 곳?" 밥은 머리를 저었다. "좋은 일도 다 끝이 있게 마련이지. 안 그래?"

밥의 목소리는 밝았다. 하지만 눈동자엔 빛이 없었고 슬퍼 보였다. "엄청나게 큰 네 밥통이 그리울 거야, 친구."

밥은 눈을 감았다. 목으로 이상한 신음 소리를 냈다.

"근데…… 넌 어떻게 되는데?" 내가 물었다.

밥은 자는 척을 하는 것 같았다. 어쨌거나 대답하지 않았다. 나는 커다랗고 시커먼 상자를 바라봤다. 그러다 갑자기 루비가 어떤 느낌을 받았는지 알게 됐다. 나는 저 상자에 들어가고 싶지 않다.

내가 마지막으로 상자에 있었을 때, 내 여동생이 죽었다.

•

작별 인사

밤에 조지와 줄리아가 찾아왔다. 조지는 빗자루나 대걸레를 들고 있지 않았다. 줄리아가 내 우리로 달려오는 동안 조지는 청소 도구와 물품을 챙겼다.

줄리아가 내 유리벽에 손바닥을 대며 말했다. "오늘이 마지막 밤이야, 아이반. 맥이 아빠를 해고했어."

줄리아는 뺨이 젖도록 눈물을 흘렸다. "하지만 동물원에서 온 아줌마가 그러는데, 개장에 맞춰 아빠가 동물원 청소를 시작할 수도 있대."

나도 우리를 갈라놓은 유리벽에 바짝 다가갔다. 두 손바닥을 줄리아 손바닥에 맞댔다. 손바닥과 손바닥이, 손가락과 손가락이 겹쳤다. 내 손이 더 컸지만 그건 별로 중요하지 않았다.

"네가 보고 싶을 거야. 루비랑 밥도. 하지만 이건 좋은 일이니까. 진짜야. 넌 다른 삶을 살 권리가 있어." 줄리아가 말했다.

•

나는 줄리아의 검은 눈을 들여다봤다. 그리고 말을 하고 싶었다.

줄리아는 루비 우리 앞으로 가서 훌쩍거렸다. "가서 잘 살아야 해, 루비."

루비는 나지막이 웅웅거리는 소리를 냈다. 그러곤 창살 사이로 코를 내밀어 줄리아의 어깨에 부볐다.

줄리아가 "근데 밥은 어딨어?" 하고 물었다. 줄리아는 탁자 밑, 내 우리, 쓰레기통 등을 뒤져 보며 밥을 찾았다. "아빠, 혹시 밥 못 봤어요?" 줄리아가 조지에게 물었다.

"밥? 못 봤는데." 조지가 대답했다.

줄리아는 눈썹을 찌푸렸다. "아빠, 밥에게 무슨 일이라도 생긴 건 아니겠죠? 맥 아저씨가 쇼핑몰 문을 아예 닫아 버리면 어떡하죠?"

조지는 주머니에 손을 넣으며 말했다. "동물 공연 없이 계속 운영할 거라고 하던걸. 나도 밥 때문에 걱정이란다. 어쨌거나

•

잘 살아남을 거야."

줄리아는 눈을 가늘게 뜨고 말했다. "아빠, 이건 어때요? 밥이랑 우리랑 같이 사는 거요. 엄마도 개를 좋아하잖아요. 밥도 엄마를 좋아할 거예요. 게다가……."

"줄리아, 아빠가 아직 새 일자리를 찾지 못했잖니. 우리 식구도 먹고살기 힘든데 똥개 걱정은 하지 말자꾸나."

"그럼 내가 개 산책시키는 일을 해서 돈을……."

"미안하구나, 줄리아."

줄리아가 머리를 끄덕이며 "괜찮아요." 하고 대답했다.

줄리아는 자리를 뜨려다 내 우리로 달려왔다. "잊을 뻔했네. 이건 너한테 주는 거야, 아이반."

줄리아는 내 우리로 도화지 한 장을 밀어 넣었다. 루비와 나를 그린 그림이었다.

•

우리는 요거트 건포도를 먹고 있었다. 루비는 다른 아기 코끼리와 놀고 있었고, 나는 어느 사랑스러운 고릴라와 손을 잡고 있었다.

그 고릴라는 입술이 빨갛고 머리에 꽃을 달고 있었다.

줄리아 그림에서 나는 언제나 위엄 있는 친구로 그려졌는데, 이번 그림에선 좀 달랐다.

이번 그림에서 나는 웃고 있었다.

딸깍

내 우리 문이 버팀쇠를 괴어 놓은 채 열려 있었다. 그 모습을 자꾸만 쳐다보게 되었다.

문이. 열려 있다.

문 앞에 커다란 상자가 있었는데 마찬가지로 열려 있었다. 인간이 문 앞에다 옮겨 놓은 것이다.

문을 나서면 나는 그 상자 안으로 들어가게 된다.

동물원의 그 여자는 이름이 마야인데, 여기에 또 와 있다.

딸깍. 요거트 건포도.

딸깍. 조그만 마시멜로.

딸깍. 잘 익은 파파야.

•

딸깍. 사과 조각.

몇 시간이고 계속해서 딸깍 소리가 들렸다.

나는 루비를 힐끗 봤다. 루비는 내가 어떻게 하는지 지켜보고 있었다.

나는 상자를 건드렸다.

그리고 어두운 안쪽 냄새를 맡았다. 잘 익은 망고 냄새가 났다.

딸깍, 딸깍, 딸깍.

내가 먼저 해야 했다. 루비는 자신의 우리 창살 사이로 나를 지켜보고 있었다. 그리고 상자야말로 탈출구였다.

나는 안으로 들어갔다.

•

좋은 생각

상자 안에 들어갔다가 다시 내 우리로 돌아왔다. 아주 좋은 생각이 떠올랐기 때문이다.

나는 밥에게 나랑 같이 몰래 상자에 들어가 동물원에 가서 살자고 했다.

밥은 바닥에 떨어진 부스러기 냄새를 킁킁 맡으며 말했다. "벌써 잊었어? 나는 야생 동물이야, 아이반. 나는 길들여지지 않고 기죽지도 않는 동물이라고."

밥은 셀러리 조각을 입에 물었다가 뱉어 냈다. "그리고 그 인간은 금방 알아차릴 거야. 인간들은 멍청하지만 그 인간은 결코 멍청하지 않지."

•

존경

"아이반, 다른 코끼리들이 나를 좋아할까?" 루비가 물었다.

"그래, 널 사랑할 거야. 그리고 널 가족으로 받아들일 거야."

"다른 고릴라들이 널 좋아할까?" 루비가 물었다.

"난 실버백 고릴라야, 루비. 우두머리라고." 나는 어깨를 쭉 펴고 머리를 꼿꼿이 치켜들었다. "그 녀석들은 날 좋아할 필요가 없어. 날 존경해야지."

하지만 솔직히 다른 고릴라들이 나를 존경하게 만들 수 있을지는 모르겠다.

나는 진짜 고릴라가 되는 훈련을 그다지 많이 받지도 않았다. 실버백 고릴라는 말할 것도 없고 말이다.

"그럼 다른 코끼리들은 농담 같은 거 할 줄 알까?"

•

"만약 아무도 농담을 모르면 루비 네가 가르쳐 주면 되잖아."

루비는 귀를 펄럭이고 꼬리를 흔들었다. "그거 알아, 아이반?"

"뭐?"

"난 내일 상자로 들어갈까 해."

나는 다정한 눈빛으로 루비를 바라봤다. "그래, 정말 좋은 생각이야. 스텔라도 그러라고 할 거야."

"그럼 다른 코끼리들이 술래잡기를 할 줄 알까? 난 그 놀이가 재밌는데."

"나도 그래." 나는 내 어린 여동생을 생각했다. 여동생은 늘 잡을 만하면 날쌔게 덤불 사이로 빠져나가 버렸다.

•

사진

늦은 밤에 맥이 와서 내 우리 문을 열었다. 보름달이 움츠러든 맥의 어깨 위에서 빛났다. 맥은 좀 작아 보였다.

밥은 깜짝 놀라 내 배에서 폴짝 뛰어내려 안-술래 밑으로 미끄러져 들어갔다.

맥이 타이어 그네에 앉으며 말했다. "놀라게 해서 미안하다, 멍멍아. 여기서 자는 거 알고 있었어. 오늘 하룻밤은 더 머무를 수 있을 거야. 네 친구 녀석은 내일 떠나니까."

내일? 가슴이 덜컹 하고 내려앉았다. 나는 아직 준비되지 않았는데. 시간이 더 필요하다고. 작별 인사도 제대로 못 했는걸. 아직은 안 끝났어.

맥이 셔츠 주머니에서 작은 사진 한 장을 꺼냈다. 아주 어릴 적에 찍은 사진인데 맥과 내가 자동차 앞자리에 앉아 있었다.

나는 야구 모자를 쓰고 아이스크림을 먹고 있었다.

•

지금 보니 잘생기긴 했는데 좀 우스워 보이기도 했다. 진짜 고릴라 같지가 않다.

"이땐 정말 재밌었지. 안 그래, 아이반? 롤러코스터 처음 타러 간 날 기억해? 처음 농구 배우던 날은?" 맥이 말하더니 고개를 저으며 "넌 점프 슛이 정말 엉망이었지." 하고 낄낄 웃었다.

맥은 다시 일어나서 한숨을 쉬고 주위를 둘러봤다. 그러곤 사진을 다시 주머니에 넣었다.

맥은 "보고 싶을 거야, 아이반." 하고는 자리를 떠났다. 맥은 뒤돌아보지 않았다.

•

떠남

아침 일찍 동물원 여자 마야와 다른 인간이 왔다.

몇몇은 흰색 코트를 입고 있었다. 몇몇은 바스락거리며 도화지를 넘겼다. 모두 말을 아끼고, 분주하게 제 할 일을 했다.

루비가 가장 먼저 상자로 들어갔다.

"아이반, 여긴 정말 무서워. 너랑 떨어지기 싫어." 루비는 상자 안에서 나를 향해 말했다.

나 또한 루비와 떨어지기 싫었다. 하지만 그런 말을 하면 안된다.

"새 가족에게 들려줄 재밌는 이야기들을 떠올려 봐." 내가 말했다.

루비는 잠잠해졌다.

•

한참 후에 루비가 말을 꺼냈다. "네가 이야기해 준 코끼리 농담을 해 줄 거야. 냉장고 이야기 같은 거 말이야."

"그래, 좋아할 거야. 그리고 꼭 밥과 줄리아와 내 얘기도 해야 해." 나는 목청을 가다듬고 말을 이었다. "스텔라 이야기도 해 줘."

"모두 다 기억할 거야. 특히 너, 아이반을." 루비가 대답했다.

내가 더 말하기 전에 밖에서 기다리고 있는 트럭 쪽으로 상자가 움직이기 시작했다.

이젠 내 차례다.

밥은 수조 뒤편 구석에 숨어 있었다. 인간들은 아직 밥이 있는지 눈치채지 못했다.

그들이 내가 들어갈 상자를 확인하는 동안 밥이 살금살금 기어왔다. 밥은 마치 먹을 게 붙어 있는 것처럼 내 턱을 핥았다.

"넌 세상에 단 하나뿐인 밥이야." 내가 속삭였다.

•

그러고서 나는 안-술래에게 다가갔다. 안-술래는 솜이 다 빠져서 헐렁한 자루처럼 보였다. 물감 자국이 털 곳곳에 묻어 있었다.

안-술래를 끌어다 밥에게 줬다. 밥은 고개를 저으며 거절했다.

"잠이 잘 올 거야." 내가 말했다.

밥은 이빨로 안-술래를 물고 사라졌다.

착한 아이

내가 상자 안으로 느릿느릿 들어가자 마야가 "아이반은 참 착한 아이로구나." 하고 말했다. 나는 딸깍 소리를 듣고 작은 마시멜로 조각을 하나 받았다.

자리를 잡고 앉자 마야는 내게 망고 맛이 나는 음료수와 쓴 맛이 나는 무언가를 건네줬다.

눈꺼풀이 점점 무거워졌다. 나는 무슨 일이 일어나는지 보려고 했다. 하지만 졸렸다. 너무 졸렸다.

술래와 함께 덩굴을 타고 노는 꿈을 꿨다. 옆에는 스텔라가 있었다. 무성한 정글을 뚫고 햇빛이 가늘게 비쳤고, 어디선가 과일 냄새가 바람에 실려 왔다.

•

움직임

눈이 깜빡깜빡 다시 떠졌다.

상자가 움직이고 있었다.

나는 괴물 배 속에 들어와 있었다. 엄청나게 큰 괴물이 으르렁대며 움직였다.

나는 다시 잠에 빠졌다.

•

깨어남

깨어나 보니 유리와 철창이 보였다. 새 우리였다. 이전 우리와 비슷했지만 훨씬 더 깨끗했다.

마야가 있었고, 다른 인간도 있었다.

"안녕, 아이반! 여러분, 아이반이 깨어났어요." 마야가 소리쳐 말했다.

이곳은 세 면이 유리고, 나머지 한 면은 잘 짜여진 널빤지 벽이다.

텔레비전에서 보던 동물원 같지는 않았다. 다른 동물들은 어디에 있을까?

고릴라들은 어디 있지?

루비도 결국 이리로 온 걸까? 이전 우리랑 똑같이 생긴 새 우리로? 아직 혼자일까? 춥지는 않을까? 배고프진 않을까? 슬

•

프진 않을까?

잠이 들지 않을 때 이야기해 줄 누군가가 있을까?

·

그리움

느긋했던 예전의 우리가 그립다.

내 그림들이 그립다.

무엇보다도 밥이 그립다.

내 배는 밥이 없으면 차갑다.

음식

여기 음식은 깔끔하다.

하지만 사이다도 없고 솜사탕도 없다.

유명하지 않음

여기엔 손님이 없다. 손가락에 끈적끈적 사탕을 묻히고 다니는 아이들도 없고 피곤에 지친 부모들도 없다.

오로지 마야와 다른 인간들이 와서 부드러운 목소리와 손짓으로 나를 달래 준다.

이제 나는 더 이상 유명하지 않은 걸까?

•

무언가

하루하루가 쉴 새 없이 지나갔다. 그러다 나는 뭔가를 눈치 챘다.

뭔가 바뀌었다.

그게 뭔지는 잘 모르지만, 멀리서 먹구름이 몰려오는 것처럼 공기에서 그것을 느낄 수 있었다.

•

새 텔레비전

마야가 텔레비전을 들고 왔다. 이전 것보다 더 컸다.

마야가 텔레비전을 켰다. "이 프로그램이 맘에 들었으면 좋겠구나." 마야가 미소를 지으며 말했다.

사랑 영화나 서부 영화가 나오면 좋을 텐데.

하지만 인간 목소리나 광고는 안 나오고 자연 풍경이 펼쳐졌다. 고릴라가 되는 고릴라들 이야기가 펼쳐졌다. 나는 고릴라들이 먹고 놀고 싸우고 털을 다듬는 모습을 봤다. 심지어 자는 모습도 봤다.

맥이 왜 이걸 안 보여 줬는지 궁금했다.

•

고릴라 가족

날마다 텔레비전에서 고릴라 가족을 봤다. 수가 적은 가족인데 이상한 점은, 암컷 고릴라 셋과 어린 수컷 고릴라 하나뿐이라는 것이었다. 이들을 보호해 줄 실버백 고릴라가 없었다.

이들은 서로 털을 다듬어 주고 먹고 자다가 다시 털을 다듬어 주곤 했다. 차분하고 편안해 보이는 가족이었지만, 어쩌다 다른 가족들처럼 싸우기도 했다.

•

흥분

오늘 아침엔 이런저런 이유로 텔레비전에서 고릴라 모습이 나오지 않았다.

마야와 다른 인간들은 흥분해 있었다. 새벽 새들처럼 시끄럽게 재잘댔다.

인간이 말했다. "오늘이 바로 그날이야."

많은 인간이 나를 바라보고 있는 걸 바라봤다. 하지만 모두가 행복해 보이는 건 결코 아니었다.

마야는 나무벽 쪽으로 갔다.

마야는 바보같이 활짝 웃었다.

그러곤 줄을 잡아당겼다.

•

내가 본 것

고릴라다.

암컷 셋과 어린 수컷 하나.

내가 텔레비전에서 봤던 고릴라 가족이다. 하지만 지금은 텔레비전에 나오는 게 아니다.

네 가족은 유리벽 건너편에서 자기들을 바라보고 있는 나를 바라본다.

나는 나를 본다.

아주 많은 나를.

여전히 거기에

나는 눈을 감는다.

그리고 다시 바라본다.

고릴라 네 가족은 여전히 거기에 있다.

바라보기

날 보러 오는 인간들처럼 나도 날마다 유리벽 너머로 고릴라네 가족을 봤다.

서로 쫓아다니는 게 보이지? 털 다듬는 거 봤어? 노는 건? 자는 건? 어떻게 살아가는지 보이지?

네 가족은 아주 우아해 보였다. 스텔라처럼 꼭 필요한 만큼만 움직였다.

그들은 나를 보고 고개를 갸우뚱거리기도 하고, 손가락으로 나를 가리키거나 소리 내 웃기도 했다. 나는 궁금해졌다. 그들이 내 맘을 사로잡은 것처럼 나도 그들 맘을 사로잡은 걸까?

•

키냐니

그 고릴라가 내는 웃음소리 때문에 귀가 아팠다.

멀리서 보이는 그 고릴라의 송곳니가 멋져 보였다.

그 암컷 고릴라의 이름은 키냐니.

키냐니는 나보다 더 빠르고 활발하다. 그리고 아마도 더 똑똑할 것이다. 물론 내가 키냐니보다 몸집이 두 배는 더 크다. 이것도 무시 못 한다.

키냐니는 무섭다.

그리고 움직이는 그림처럼 무척 아름답다.

문

오늘 인간이 나를 문 앞으로 데려갔다.

문 너머에서 키냐니와 다른 고릴라들이 나를 기다리고 있었다.

나는 아직 준비가 안 되었는데. 아직은 실버백 고릴라가 아닌데.

나는 아이반, 그냥 아이반, 단지 아이반일 뿐이라고.

같은 무리가 되기에 그리 좋은 날이 아니다.

내일 다시 해 보기로 했다.

●

궁금

밤이 되면 루비 소식이 궁금해서 잠을 못 이룬다.

루비는 이미 문을 통과해서 다른 코끼리들을 만났을까?

아니면 나처럼 겁을 내고 있을까? 구렁에 빠졌던 그날처럼
겁을 먹고 있을까?

나는 루비의 끝없는 호기심과 루비가 그렇게 좋아했던 질문
들을 떠올렸다. "아이반, 호랑이랑 춤춰 봤어?" "고릴라 털은
파란색으로 변해?" "저 남자애는 왜 꼬리가 없어?"

루비가 여기에 있다면 나한테 이렇게 질문했을 것이다. "아
이반, 저 문 너머엔 뭐가 있어?"

루비는 지금 저 문으로 나가면 무슨 일이 벌어질지 궁금해하
고 있을 것이다.

•

출발

마야가 물었다. "자, 한 번 더 시도해 볼까, 아이반?" 나는 루비를 떠올렸고 이제 해내야 할 때라고 중얼거렸다.

문이 열렸다.

•

마침내 바깥

하늘.
풀.
나무.
개미.
막대기.
새.
먼지.
구름.
바람.
꽃.
바위.
비.

내 꺼.
내 꺼.
내 꺼.

이크

나는 쿵쿵 냄새를 맡고, 슬슬 다가가 보고, 조금 으스대 보았다. 하지만 아무도 나를 반기지 않았다. 모두 날카롭게 이빨을 드러내고 소리를 질러 댔다.

내가 무슨 잘못이라도 한 건가?

키냐니는 나를 쫓았다. 나에게 막대기를 던졌다. 나를 구석으로 몰았다.

키냐니가 나를 시험하고 있다는 걸 알 수 있었다. 키냐니는 내가 가족을 보호해 줄 수 있는 진짜 실버백 고릴라인지 아닌지를 알고 싶은 것이다.

나는 몸을 웅크리고 눈을 감았다.

마야가 나를 다시 우리로 데려갔다.

·

진짜 고릴라처럼

누워서 진짜 고릴라로 보이는 게 어떤 건지 기억해 보려 했다.

우리가 어떻게 걸었더라? 어떻게 만졌더라? 누가 우두머리 인지 어떻게 알아냈더라?

나는 아기들과 오토바이와 팝콘과 반바지를 생각해 내려 노 력했다.

그리고 아이반은 어떤 모습이어야 하는지 상상하려 노력했다.

•

흉내

어린 고릴라가 다가왔다. 녀석은 내 밥을 배고픈 눈길로 쳐다 봤다.

마치 아빠를 쳐다보던 어릴 적의 나를 보는 것 같다.

나는 으르렁거리고 손뼉을 치고 으스대며 걸었다. 그리고 온 세상에 다 들릴 때까지 가슴을 두드렸다.

키냐니와 다른 고릴라들이 나를 쳐다봤다.

나는 그 어린 녀석 앞으로 나아갔다. 그 녀석은 뒤로 물러섰다.

어린 고릴라는 내가 지금 흉내 내고 있는 실버백 고릴라가 진짜 나라고 믿는 것 같다.

•

잠자리

땅에다 잠자리를 만들었다. 정글에서 만들던 진짜는 아니다.
나뭇잎은 푸석푸석하고 가지들은 잘 부러졌다. 짜자마자 망
가지기 시작했다.

다른 고릴라들이 나를 지켜보다 불만스럽게 투덜댔다. 너무
작잖아. 너무 엉성해. 못 만들었어.

하지만 나뭇잎 잠자리에 들어가 보니 나무 꼭대기에 걸린 안
개 속을 둥둥 떠다니는 것 같았다.

텔레비전에 루비가

마야가 나를 다시 유리벽 우리로 데려가려 했다. 작은 마시멜로 조각으로 나를 문 앞으로 끌어가려 했다.

나는 무시하려 했다. 밖에서 계속 있고 싶었다. 구름 한 점 없는 날인 데다 낮잠 자기에 맞춤한 자리를 찾아냈다. 하지만 마야가 마시멜로에 요거트 건포도까지 내 주자 나도 어쩔 수가 없었다. 내 약점을 너무나 잘 안단 말이야.

우리에 들어가니 텔레비전이 켜져 있었다. 다른 자연 다큐멘터리가 나왔다. 변덕스럽고 종잡을 수 없는 내용이었다.

고릴라가 나올 줄 알았는데 아무것도 나오지 않았다.

장난감 트럼펫 같은 날카로운 소리가 들렸다.

가슴이 뛰기 시작했다.

나는 화면 앞으로 뛰어갔다. 거기에 그 아이가 있었다.

•

루비다.

루비가 어린 코끼리 친구 두 마리와 함께 진흙 구덩이에서 뒹굴고 있었다.

암컷 코끼리가 다가왔다. 그 코끼리는 루비보다 훨씬 컸는데, 루비를 쓰다듬고 톡톡 두드렸다. 그리고 부드러운 소리를 냈다.

둘은 스텔라와 루비가 했던 것처럼 나란히 섰다. 그리고 서로의 코에 코를 휘감았다. 나는 루비 눈에서 뭔가 새로운 점을 발견했다. 그게 뭔지는 바로 알아챘다.

그건 기쁨이었다.

끝까지 보고 나서 마야가 다시 한 번 틀어 줬다. 그리고 한 번 더. 마침내 마야는 텔레비전을 끄고 우리 밖으로 들고 나갔다.

나는 손을 유리벽에 댔다. 마야가 나를 쳐다봤다.

고맙다. 나는 눈으로 말하고 싶었다. 고맙다.

•

놀이

키냐니가 나를 향해 느릿느릿 걸어왔다. 키냐니는 내 어깨를 톡 건드리더니 너클 보행으로 도망쳤다.

나는 팔짱을 끼고서 키냐니를 쳐다봤다. 소리를 내지 않으려고 조심했다.

나는 우리가 뭘 하고 있는지 잘 몰랐다.

키냐니는 다시 느릿느릿 다가와서 나를 휙 밀치고 잽싸게 도망갔다. 그제야 나는 우리가 뭘 하고 있는지 깨달았다.

우리는 놀이를 하고 있다.

우리는 술래잡기를 하고 있다.

내가 놀이를 하고 있다.

•

사랑

눈 맞추기.

내 모습 보여 주기.

뽐내며 걸어 보기.

으르렁거려 보기.

막대기 던져 보기.

좀 더 크게 으르렁거려 보기.

이리저리 움직여 보기.

사랑은 어렵다.

텔레비전에서나 쉬운 것이다.

•

내가 이걸 잘할 수 있을지 모르겠다.

·

또 사랑

밥이 여기에 있었으면 좋겠다. 물어볼 게 많다.

우리가 같이 봤던 사랑 영화들을 떠올려 보려 했다.

말하는 거나 끌어안는 것, 얼굴을 핥아 주는 걸 떠올렸다.

나는 그런 거 잘 못한다.

하지만 해 보는 건 재밌을 것 같다.

손길

털에 붙은 죽은 벌레를 떼 줄 때 느껴지는 누군가의 손길보
다 더 다정한 게 있을까?

이야기

고릴라는 인간처럼 말을 많이 하지 않는다. 인간은 지저분한 험담이나 나쁜 농담을 너무 좋아한다.

하지만 이따금씩 고릴라는 이 세상의 모든 일에 대해 이야기를 나눈다.

오늘은 내 차례다.

나는 고릴라 친구들에게 맥과 루비와 밥과 스텔라와 줄리아와 조지 이야기를 해 줬다. 그리고 우리 엄마와 아빠와 여동생 이야기도.

이야기를 마쳤을 때 그들은 조용히 먼 데를 보고 있었다.

키냐니가 좀 더 가까이 왔다. 어깨로 내 어깨를 비볐다. 그리고 우리는 누워서 햇볕이 털 사이사이로 스며들도록 했다. 둘이 같이.

·

언덕 꼭대기

나는 이곳 구석구석을 샅샅이 살펴봤다. 일꾼들이 돌벽을 다시 쌓고 있는 저 언덕만 빼고.

마침내 일꾼들이 깨끗한 흰 벽돌과 시커먼 진흙 더미를 남겨 두고 떠났다.

다른 고릴라들이 게으르게 아침 햇볕을 쬐고 있을 때 나는 혼자 언덕을 올라가 보기로 했다. 다들 가 봤는데 나만 안 가 봤다. 내 눈에는 모든 게 새로웠다.

나는 천천히 언덕을 올랐다. 손가락 끝에 닿는 풀 느낌을 즐겼다. 아이들이 떠드는 소리와 호박벌이 나른하게 붕붕거리는 소리가 산들바람에 실려 왔다. 언덕 꼭대기 근처에 나무들이 가지를 낮게 드리우고 있었다. 내 여동생이 봤으면 정말 좋아했을 텐데.

돌벽은 끝이 없고, 깨끗하고, 하얗고, 저 멀리까지 길게 뻗어 있었다. 우리가 바깥으로 나갈 수 없도록 아주 높고 넓고 조심스레 둘러싸여 있었다.

결국 여기도 우리인 셈이다.

지난밤엔 비가 왔다. 진흙 더미는 부드러웠다. 손 한가득 느
낌이 좋은 흙을 쥐고서 냄새를 맡았다.

흙은 짙은 갈색에 묵직하고 차가웠다.

돌벽은 한없이 늘어선 텅 빈 광고판 같았다.

•

돌벽

돌벽은 거대했다.

하지만 진흙 더미는 넉넉했다. 그리고 나는 위대한 예술가다.

진흙을 한 손 가득 집어 따뜻한 시멘트 위에 던졌다. 그리고 그 위에 손바닥을 찍었다.

진흙 묻은 손가락으로 코를 톡톡 건드렸다. 코를 찍었다.

손바닥을 위아래로 문질렀다. 진흙은 두껍고 단단해서 쉽게 펴지지 않았다. 하지만 나는 계속 휘젓고 퍼 올리고 폈다.

내가 뭘 하고 있는 거지? 상관없다. 나는 철썩 때리고 소용돌이를 만들고 두꺼운 선을 만들었다. 이런저런 모양을 만들고 빛과 어둠을 만들었다.

나는 솜씨 있는 예술가다.

·

다 마치고 나서 내 작품을 감상하기 위해 한 발자국 뒤로 물러섰다.

하지만 작품이 너무 커서 더 잘 보이는 데로 가야 했다.

나는 가지가 무성한 나무 쪽으로 갔다. 가장 낮게 달린 가지를 잡고 다리를 걸려고 했다.

어이쿠! 꽈당 떨어졌다. 내가 너무 커서 못 올라가는 건가?

어쨌거나 한 번 더 시도했다. 이번에는 숨을 헐떡이며 가지쪽으로 몸을 실었다.

그리고 다른 가지로, 또 다른 가지로. 더 이상 나아가지 못할 때까지. 나무에 몸을 걸친 채 고릴라 무리를 쳐다봤다. 아직도 평화롭게 졸고 있다.

벽에는 진흙이 넓게 발라지고 뿌려져 있다. 색깔 수는 적지만 효과가 컸다. 나는 그림이 맘에 들었다. 꿈을 꾸는 듯하고 활발해 보였다. 마치 줄리아가 그려 준 그림 같다.

•

나무 위에서 보니까 돌벽 너머가 보인다. 기린과 하마가 보인다. 사슴 다리는 가느다란 나뭇가지처럼 보인다. 통나무 속에서 자고 있는 곰도 보인다.

코끼리 떼도 보인다.

안전해

저 멀리 다른 코끼리들과 함께 키 큰 풀숲에 파묻혀 있는 코
끼리가 보인다.

루비다.

나는 속삭였다. "스텔라, 루비가 여기 있어. 내가 약속한 대로 루비는 안전해."

나는 루비를 불렀다. 하지만 바람이 내 말을 삼켜 버려서 루비는 내 목소리를 못 들을 것이다.

루비는 잠시 동안 멈춰 섰다. 귀가 작은 돛처럼 넓게 펄럭였다.

그러더니 다시 느릿느릿 부드럽게 풀숲 사이로 움직이기 시작했다.

•

실버백 고릴라

저녁이 되자 구름이 몰려왔다. 으슬으슬하더니 보슬비가 내렸다. 저녁 밥이 나왔지만 나는 관심 없었다.

밤이 되자 우리는 잠자려고 굴에 들어갔다. 나는 늘 마지막으로 들어간다. 안에서는 질릴 만큼 오래 살았으니까.

요새는 낮 동안에 손님이 많지 않다. 뜬금없이 몇몇이 찾아와 벽에 기대서서 우리를 구경하거나 사진을 찍거나 한다. 그러고는 기린이 있는 곳으로 옮겨 간다.

한 지킴이가 손짓했다. 나는 어쩔 수 없이 그리로 갔다.

멀리서 누군가 뛰어오는 모습이 보였다. 나는 멈춰 섰다.

짙은 머리에 가방을 멘 여자애였다. 남자 인간이 여자애를 따라잡으려고 힘겹게 쫓아오고 있었다.

여자애가 소리쳤다. "아이반! 아이반!"

•

줄리아다!

벽을 에워싼 넓은 연못 가장자리로 재빨리 다가갔다.

연못 너머에서 줄리아와 조지가 내게 손을 흔들었다. 나는 앞으로 갔다 뒤로 갔다 하며 소리 지르고 으르렁거렸고, 고릴라가 기쁠 때 추는 춤을 췄다.

그때 어떤 목소리가 들렸다. "자, 자, 침착해야지. 꼭 침팬지처럼 행동하고 있잖아."

나는 얼어붙었다.

줄리아 배낭에서 귀가 커다란 조그만 밤색 머리가 삐죽 삐져나왔다.

"여기 좋네." 밥이 말했다.

"밥? 진짜 너야?" 내가 물었다.

"진짜 나지."

•

나는 어떤 말을 해야 할지 알 수 없었다. "어떻게…… 지금…… 어디서……."

"조지가 다음 달부터 동물원 일을 하거든. 그래서 조지랑 줄리아가 계약을 맺었지. 줄리아는 내 밥을 마련하기 위해 강아지 세 마리를 산책시키고 있어. 근데 말이야, 그 세 마리 모두 푸들이야."

"근데 넌 집은 필요 없다고 했잖아." 내가 말했다.

"그랬지. 하지만 줄리아네 엄마는 나랑 있는 걸 엄청 좋아해. 그래서 내가 가족 모두에게 친절을 베풀기로 했지. 모두가 기뻐해서 말이야."

줄리아가 밥의 머리를 눌러 다시 배낭으로 쏙 집어넣었다. "밥, 들킬라. 넌 원래 여기 들어올 수 없어."

"줄리아, 아이반이 그새 더 큰 거 같구나. 어때? 더 강하고 행복해 보이지 않니?" 조지가 말했다.

줄리아가 사진 한 장을 꺼냈다. 하지만 너무 멀어서 잘 보이지 않았다.

"루비 사진이야, 아이반. 다른 코끼리들이랑 같이 살고 있어. 네 덕분이야."

안다. 나도 안다고 알려 주고 싶었다. 내 눈으로 똑똑히 봤으니까.

우리는 우리를 갈라놓은 연못 너머로 서로를 바라봤다. 한참 후에 조지가 줄리아 팔을 건드리며 "이제 갈 시간이야, 줄리아." 하고 말했다.

줄리아는 활짝 웃으며 "안녕, 아이반. 네 새 가족한테 인사 전해 줘." 하고는 조지를 향해 말했다. "고마워요, 아빠."

"뭐가?"

줄리아가 나를 가리켰다. "아이반요. 아이반이 이렇게 된 거요."

둘은 돌아섰다. 동물원 길을 밝히는 등이 깜빡깜빡 켜지며 온 세상을 노란빛으로 물들였다.

•

밥의 작은 머리가 줄리아의 배낭 밖으로 삐죽 삐져나왔다. "넌 세상에 단 하나뿐인 아이반이야." 밥이 말했다.

나는 고개를 끄덕였다. 그러고는 내 가족, 내 삶, 내 집 쪽으로 몸을 돌렸다.

나는 속삭였다. "난 세상에 단 하나뿐인, 위대한 실버백 고릴라 아이반이야."

•

작가의 말

《세상에 단 하나뿐인 아이반》은 제가 지어 낸 이야기지만 실제 있었던 일을 바탕으로 쓴 것입니다. 아이반은 미국 애틀랜타 동물원에 살았던 진짜 고릴라입니다. 그런데 거의 30년 가까이 다른 고릴라를 보지 못한 채 지냈답니다.

아주 어릴 적 지금의 콩고민주공화국에서 살던 아이반은 쌍둥이 여동생과 함께 사람들 손에 잡혀 미국으로 건너왔습니다(여동생은 미국에서 잘 적응하지 못하고 일찍 세상을 떠났습니다). 처음에는 어느 가정집에서 사람들의 보살핌을 받으며 지냈는데, 몸집이 많이 커지자 서커스장이 있는 워싱턴주의 쇼핑몰에서 지내게 됐습니다.

아이반은 서커스장의 비좁은 우리에서 27년이나 혼자 갇혀 지냈습니다. 세월이 흘러 사람들이 영장류의 욕구와 행동을

•

잘 이해하게 되면서 아이반의 삶에 대해 무척 마음 아파 했습니다. 특히 아이반이 〈내셔널 지오그래픽〉에 〈도시에 사는 고릴라〉라는 제목의 글로 소개되면서 아이반에 대한 사람들의 관심은 더욱 커졌습니다. 어린이들의 따뜻한 편지 행렬을 비롯해서 사람들의 반응이 점점 더 격렬해졌지요. 아이반이 살던 쇼핑몰이 파산하자 사람들은 아이반을 애틀랜타 동물원에 데려다 놓고 그곳에서 영원히 살 수 있도록 했습니다. 그 동물원은 미국에서 서부 로랜드 고릴라가 가장 많이 모여 사는 곳이기도 합니다.

아이반은 키냐니를 비롯한 다른 고릴라들과 함께 애틀랜타 동물원에서 살았습니다. 그곳에서 엄청 인기 있었고 무척 사랑받았지요. 특히 아이반은 그림 그리는 고릴라로 유명했답니다. 가끔은 엄지손가락 지문으로 '사인'을 해 주기도 했지요.

아이반과 키냐니는 진짜로 있었던 고릴라입니다. 스텔라가 아이반과 밥에게 이야기해 준 실버백 고릴라 잠보도 진짜 있었습니다. 하지만 그 밖에 이 이야기에 등장하는 다른 동물들과 상황은 모두 제 상상 속에서 나왔습니다. 아이반의 외로운 삶을 다루는 우울한 이야기를 쓰기 시작했을 때 새로운 이야기가 천천히 모습을 갖춰 가기 시작했습니다. 그러면서 적어

•

도 내 이야기에서만큼은 아이반이 (작은 우리에 갇혀 있을지라도) 자기만의 목소리로 이야기할 수 있게 해 줘야겠다고 마음먹었습니다. 아이반이 누군가를 보호하는 훌륭한 실버백 고릴라로 살 기회를 갖게 하고 싶었지요. 왜냐하면 아이반은 그렇게 살아가도록 태어났으니까요.

캐서린 애플게이트

세상에 단 하나뿐인 아이반

초판 1쇄   2013년 5월 30일
개정판 1쇄 2020년 7월 10일

지은이 캐서린 애플게이트
옮긴이 정성원

펴낸이 김한청
기획편집 원경은 이한경 박윤아 이건진 차언조
마케팅 최원준 최지애 설채린
디자인 이성아

펴낸곳 도서출판 다른
출판등록 2004년 9월 2일 제2013-000194호
주소 서울시 마포구 동교로27길 3-12 N빌딩 2층
전화 02-3143-6478 팩스 02-3143-6479 이메일 khc15968@hanmail.net
블로그 blog.naver.com/darun_pub 페이스북 /darunpublishers

ISBN 979-11-5633-291-6 03840